前世が信長な美少女生徒会長と
花魁なギャルに
告られてハーレム性春ライフ
～彼女がアイツで、俺はだれ!?～
空野ねこ
神谷ともえ
原作 プラリネ
ぷちぱら文庫

霧島《きりしま》 織愛《おりあ》
信長が転生した女子学生。生徒会長ながら破天荒な問題児で、かつ好奇心旺盛な合理主義者。
下園《しもぞの》 和治《かずはる》
前々世が明智光秀、前世が明智ゆかりの江戸商人だったらしい、歴史好きなフツメン男子学生。

第一章 生徒会長とギャル
～前世と手コキ～ ‥
第二章 ギャルのフェラVS生徒会長のパイズリ ・
第三章 エスカレートするカンケイ ・
第四章 心と体を重ねて
～それぞれの初体験～ ‥
第五章 愛 ～主従を越えて～ ‥‥‥‥
第六章 恋 ～外の世界で結ばれて～ ‥
第七章 ハーレム ～幸せのかたち～ ‥
結城《ゆうき》 華蘭《からん》
江戸時代の花魁が転生した女子学生。お色気満点で奔放そうな褐色ギャルだが、意外と一途。

第一章　生徒会長とギャル〜前世と手コキ〜

「こんなにうまく戦争がいくわけないよなぁ……」

下園和治《しもぞのかずはる》は漫画家志望の友人が描いた異世界戦記もののネームを見て首をひねっていた。

和治は昔から歴史が好きで特に戦乱の時代に興味を持った。ネットで調べるだけでなく図書館にも通ってさまざまな本を読んで学んでいるので同年代と比べて知識が深い。

「……ボルトアクション銃には精密な寸法の薬莢が必要だし火薬の圧力も高いから銃身になる鉄の精錬技術も必要だし実は威力はそんなでもないんだよな。戦国時代の火縄銃だって竹を束ねた盾で防ぐ方法があったし」

歴史に詳しい和治からするとツッコミどころの多い作品ではあるが、そこで率直な意見を言うほど不器用ではない。

むしろ、和治は要領がよくて世渡り上手な面があった。

『今の流行を抑えてるし人気が出るんじゃないでしょうか』

友人にそうメールで感想を送ると、自室に設置してあるスピンバイクに跨がってトレーニングを始める。

「自転車を漕ぐのって効率的に鍛えるのに最適なんだよな。雨の日でも運動できるし」

もちろん購入時には各通販サイトを比較して一番高評価レビューが多いものにした。

和治は昔から情報を集めて分析・検討することも好きだった。

「ん？」

スマホから着信音が発せられる。ペダルを漕いだままスマホを手に取って確認するとクラスメイトの亮太《りょうた》からだった。

「もしもし」

「よお、和治！　男が女の温もりを求めるのは当然っ！　女が男に頼りがいを求めるのは自然っ！　恋がしたいだろっ⁉」

いきなりテンションが高い。亮太は社交的な性格でクラスのムードメーカー的存在だ。

和治とは対照的なタイプなのだが、不思議と馬があう。

『今度うちのクラスの女子や他校の女子を交えてカラオケをするんだけど男が足らなくてさあ！　俺を助けると思って参加してくれよ！　おまえもそろそろ彼女ほしいだろ⁉　おまえのような知性的なキャラは需要あるって！』

これまで和治は女子とつきあったことはない。

どうもあまり恋愛に興味が湧かないのだ。でも、人並みに性欲はある。

『まあ、一応検討しておく。日にちが決まったら、一応教えてくれ』

和治はそう答えると、そのあと軽く三十分ほどスピンバイクを漕ぐ。

「さて、ひと汗かいたし……風呂前に一発抜いておくかな」

恋愛への興味は薄くても性欲はある。

でも、そんなものに振り回されて好きでもない女子とつきあうという選択は愚かだと思った。

（……現代には極上のオナホールもあるしな……）

和治は机の引き出しを開け、ネットで購入したオナホールを取り出した。

そして、パソコンを起動してセール中に買いこんだエロ漫画の電子書籍を開く。

（……今日は母性的なヒロインに甘えたい気分だな）

トレーニングウェアからイチモツを取り出すと、ローションも使用してオナホオナニーを開始する。

「…………うっ！　……ふぅ……」

（性欲処理はこうやってやるのが一番効率的で合理的だ。彼女なんていなくてもいい）

ただ、処理後に少しだけ虚しさが残るのだけはどうしようもなかった。

●　●　●

翌日。

（今日も学園生活を合理的かつ効率的に送るか）

そう思いながら和治は校門前までやったきたのだが――。

後方からバイクのエンジン音が響いてくる。

なお、和治の通う学園はバイク通学は禁止である。

（なんだ？　バイクで通勤する先生なんていたっけ？）

バイクは和治の横を通りすぎ十メートルほどして停まった。

「到着っ！　やっぱり実際にやってみないとこういうのはわかんねーよなぁっ！」

ヘルメットを脱いで快活な声を上げたのは黒髪ロングヘアーで中性的な顔をした美少女だった。前髪に、どこか家紋を連想させる花の髪飾りをつけている。

（って、生徒会長じゃないか！）

彼女の名前は霧島《きりしま》織愛《おりあ》。

先日の生徒会長選挙に立候補して無投票当選している。

その美貌と生徒会長就任の挨拶で「オレがこの学園を変えてやる！」と叫んだことから和治は彼女の顔と名前を記憶していた。

「あっははは！　おまえら実にいいタイミングに出くわしたなぁ！　オレがバイクでこの学園に登校した初めての生徒だ！　遠慮なく写真を撮ってSNSにアップしろよなっ！」

堂々と校則違反をして高らかに笑う織愛。

しかも、自ら炎上しようとしている。

理性的かつ合理的な和治からは考えられないタイプだ。

(なんだこの人は⁉)

周囲の生徒も唖然としている。

そんな中、職員室のほうから教師たちが慌てた様子で駆けつけてきた。

「おい！　なにをやっているんだ！」

「生徒会長自ら校則を破るとは！　なにを考えてるんだ！」

屈強そうなジャージ姿の体育教師や竹刀を持った剣道部顧問に対しても織愛は怯まない。

「うるせえ！　邪魔するんじゃねえよ！　脳筋ども！」

織愛はバイクの積荷から銃剣道用と思われる木銃を取り出して構える。

そして――。

「手加減はしねえぞ！　そりゃーっ！」

いきなり教師たちと大立ち回りを始めた。

(な、なんなんだ、この生徒会長……)

関わりあいになるべきではないと思った和治は足早に去っていった。

(……朝の騒ぎはなんだったんだろうな……)

生徒会長の謎の暴走行動については疑問に思ったが、クラスのみんなも事情がよくわからないらしい。

（まあ、いいや。変な人間に関わると俺の人生もおかしくなりかねないしな）

そう思って帰ろうとした和治であったが——。

「ちょーっと待った！　和治！　昨日メールしたカラオケの話だけどさ！　お嬢様学校の女子が何人か参加したいそうなんだよ！　これは絶好のチャンスだぜ！」

「なんだと……」

これまでにない機会に心が動いた。

「お、乗り気になったか！　せっかくだから参加してくれよ！　お嬢様学校の女子が参加するなら、なおさらおまえのような知性的なキャラを揃えておかないといけねぇしな！」

「……わかった」

こうして和治は久しぶりにカラオケに参加することにしたのだった。
しかし――。

「騙された……」

和治はカラオケから自宅へ帰るなりベッドに顔面から突っ伏して呻いた。

「……お嬢様というか、ただ親が金持ちってだけじゃないか……」

和治は異性に対して理想が高かった。

「……まぁ、うちの学園のレベルだと生粋のお嬢様学園の子は来ないよな……」

それは当然のことなのだが、どこか期待してしまっている自分がいた。

「もう少し勉強がんばって、いい学園に入るべきだったかもな……」

今朝の生徒会長の奇行といい、入る学園を間違ってしまったのかもしれない。

「一応女子たちと連絡先は交換したけど……でも、つきあう気にはならないなぁ……」

男子陣の中でも和治の顔はそこそこよかったので女子たちから積極的に話しかけられた。

でも、話せば話すほど距離を感じてしまう。

(俺はなんか女子に対して理想が高すぎるんだよな……なんでだろうな)

自分でもよくわからない。

でも、そこらへんの女子にまったく興味を持てないのだ。

「うーん……」

それでも和治は今日知り合った女子のＳＮＳを見ていった。

『イケメン男子たちとのカラオケめっちゃ楽しかったー！　またこのメンバーで、集まろーねっ♪』

そう言われると悪い気はしないが――問題は、そのあとだった。

「って、おいっ⁉　俺の顔が映ってる写真アップするなよ⁉」

和治の隣に座っていた女子がスマホで撮った写真を何枚もＳＮＳにアップしていたのだ。

「しかも、うちの学園名まで出してるし……なに考えてるんだよ……」

やはり最近のスマホばっかりやってる女子はネットに対して危機感がないのだろうか。

子どもの頃からパソコンを使ってネットをやっていた和治にとっては呆れるばかりだ。

「……まあ、密着してるとかキワドイ写真はないから炎上はしないだろうけど」

ここで写真を消すようにメールをして関係を悪化させるのも面倒だ。

「……はあ、まったくこれだから最近の女子は嫌なんだよな……」

和治はため息を吐くと、さっさと風呂に入って忘れることにした。


翌日の昼休み。

唐突に校内放送の呼び出しチャイムが鳴った。

「緊急事態発生！　緊急事態発生！　どいつもこいつも今いる場所から動くんじゃねえぞ⁉

生徒会長霧島織愛からの命令だ！」

生徒会長の意味不明の命令に学園中が騒然となる。

（またあの変な生徒会長かっ⁉　というか校則破って教師と戦っても停学になってないのか？）

驚く間にも放送は続く。

「これから言う名前を耳をかっぽじって聞け！　……下園和治！　下園和治という男子が
この学園にいるはずだ！　覚えがないとは言わせねえぞ！」

「はぁぁっ⁉」

生徒会長から怒声混じりに自分の名前を呼ばれて、和治は驚きの声を上げてしまう。

「もう一度言う！　下園和治！　コイツをどんな手段を使ってでも捕らえろっ！　そして
生徒会室にいるオレのところへ引っ立ててこい！　以上だ！　頼んだぞ！」

クラスメイトから視線が集まる。

（……な、なんだかわからないけど、ここは逃げたほうがいいよな⁉）

和治は廊下へ出た。

すると――こちらに向けて前後から駆けてくる生徒たちがいた。

「おまえが下園和治だな！　覚悟しろ！」

「わたしは織愛様の親衛隊よ！　神妙にお縄につきなさい！」

いかにも体育会系といった感じの屈強そうな生徒たちがやってきて、たちまち和治は捕獲されてしまった。

（なんだなんだなんだ⁉　いったいなんなんだ⁉）

混乱する頭で考えるが、まるで意味がわからない。

そのまま和治は生徒会室に連行されてしまった。


「織愛様！　下手人を連れてまいりました！」

「おお、ご苦労！　下がっていいぞ！」

「「ははっ！」」

機敏な動きで親衛隊の生徒たちが生徒会室から出ていった。

「よーし、それじゃさっそく首実検開始といこうじゃねえか！」

織愛は持っていた木銃をこちらに向けて突きつけながら、近づいてくる。

（うわ……なんかすごい迫力だけど、綺麗な人だな……）

乱暴な口調と中性的な顔立ちは、これまでに見てきた女子とは違う。

まるで王者のような風格がある。

「……やはり、おまえで間違いねぇな！　ビリビリ感じるぜ！　その雰囲気、魂の影……間違いようがねぇ！　懐かしいなぁ、おいっ！　あはははは！　くはははははぁっ！」

まるで魔王のように哄笑する生徒会長。

しかし、目は笑っていない。

（やばい、命の危険を感じる……）

あとずさる和治に、生徒会長は不敵な笑みを浮かべた。

「教えてやる。この織愛様の前世は織田信長《おだのぶなが》だ！　明智光秀《あけちみつひで》が今世にて貴様に転生したのが運の尽き！　覚悟しろ光秀ぇ！」

（なにを言っているんだ生徒会長は⁉　生徒会長が織田信長で俺が明智光秀っ⁉　そんなバカな！）

突き出される木銃をどうにか避け、和治は生徒会室から脱出した。

しかし、織愛はすぐに追いかけてくる。

「待て、このうつけ者めが！　本能寺《ほんのうじ》の恨み、ここで晴らしてくれるわ！」

「そんなこと言われたって知りませんよ⁉」

和治には前世の記憶はない。

しかし、ここで説明しても聞いてくれないだろう。

立ち止まったら殺される。

(とにかく逃げないと!)

和治はスピンバイクで鍛えた脚力を生かして逃げることにした——。


「くっ……親衛隊が校門を固めている。どうすれば……」

一般生徒も面白がって参加したのか、親衛隊以外にも追手がいる状況だ。

このままでは捕まるのは時間の問題である。

「強行突破か……でも……」

下駄箱から再び正門をうかがおうとした和治であったが——。

「はーい、こういうときは冷静さが大事〜♪　まずはおっぱいで落ち着こっか〜♪」

下駄箱の陰から褐色肌のオシャレなギャルが現れ、ニコニコしながら近づいてきた。

髪型は盛ってあり、右サイドにピンク色をした蝶の髪飾りがつけられている。

敵意は感じられない。

むしろ不思議な包容力を感じる。

(……な、なんだ、このギャルは……?)

和治は逃げるのを忘れて立ち尽くす。

あっという間に抱きしめられて強制的に顔を胸に埋めさせられるかたちとなった。

「アタシは結城華蘭《ゆうきからん》。アンタの味方だよ～♪　アタシが来たからにはもう安心～♪　大船に乗ったつもりでいてね～♪」

「うぷぷっ……って、ちょ、ちょっと待ってくれ。何者なんだ、君は……」

「はい、それよりも脱ぎ脱ぎしよう～♪」

「えぇえ!?　な、なんでっ!?」

「まーまー、ここは任せてっての♪　はいっ、それじゃダーリン♪　腕に抱きついてあげるからこのまま屋上へレッツゴ～♪」

「屋上？」

「……しっ。そろそろ追手来るから、ここはアタシにあわせてカップルのフリして？」

その言葉どおり、向こうから親衛隊らしき一団が駆けてきた。

「……ねえダーリン～♪　アタシ今度の温泉旅行すっごい楽しみ～♪　布団はひとつ、枕はふたつ～♪　いっぱいラブラブしようね～♪」

「あ、ああ。楽しみだな」

ギャルにあわせて彼氏のフリをしていると、親衛隊の一団は和治だと気がつくことなく通りすぎていった。

屋上に続く階段へやってきたものの、ドアには施錠がされていた。

「でも、大丈夫だよ～♪　いざというときのために合鍵作っておいたんだ～♪」

(やはりこのギャル、ただ者じゃない……)

見た目はあまり頭がよさそうに見えないのだが、臨機応変、用意周到だった。

「はい、開いた～♪　ここまできたらひと安心っ♪　しかも屋上から見れば親衛隊の手薄な場所までわかっちゃうっ♪　ほら、部活棟の裏のあたりのフェンスからなら逃げられそうじゃない～？」

「た、確かに……」

そこまで考えていたことに驚く。

(頭のよいギャルっていたんだな……)

まるで新種の動物に出会ったような気分だ。

「とにかくお礼を言うよ。面識のない俺を助けてくれて本当にありがとう！」

「いえいえ、どういたしまして～♪　でも、面識なかったなんて今はまだ言わないでほしいかなぁ～？」

「えっ？　あれ？　どこかで会ってたっけ？」

「さて、どうだったかねぇ～♪」

はぐらかされてしまうだけでなく、なぜか華蘭はこちらを押し倒してきた。

そして、そのまま馬乗りになりこちらのシャツの襟元に手を入れてくる。

「うわあっ!? ちょっ!? なにしてるんだ……」

「さあ、ナニしてるんだろうね～♪ ふふ、やっぱり、アンタで間違いないねぇ♪ ああ、やっと会えたんだぁ～♪ 感無量ってやつさね～♪」

まさぐっていた手を止めて、感極まったような声を出す華蘭。

(いったい、なんだっていうんだ? まさか、また前世で会ったとか言わないよな……?)

生徒会長の前世が織田信長だとか言うなら、このギャルもそういう可能性があるのかもしれない。

(でも、俺には前世の記憶なんか――)

「おりゃあぁぁーーーっ! あといるとしたらここだろぉーーーーーー!」

和治の思考は蹴破るような勢いで開け放たれたドアと織愛の叫びによって遮られた。

「うわぁ、生徒会長!?」

「ちっ……職員室から鍵を借りてきたのかい? 偽物とすり替えておけば万全だったのに、わっちとしたことが……」

華蘭はなぜか急に時代がかった口調になっていた。

(……自分のことを『わっち』って呼ぶって、確か江戸時代の花魁《おいらん》の一人称じゃ……)

歴史に詳しい和治はすぐにわかったが、今は華蘭の豹変を気にしている場合ではない。

「てめぇ！　逃げる途中に女と乳繰りあうとはいい度胸だなぁ!?」

木銃を突きつけて怒鳴りながらこちらに迫ってくる織愛。

しかし、華蘭はまったく動じる気配がない。それどころか——。

「代を重ねて時を超え！　ここで逢ったが百年目！　愛しい男を譲るほど！　わっちは安い女じゃない！」

華蘭は歌舞伎のような大仰な動作で首を回しつつ凛とした声で啖呵を切った。

「むうっ！　なんだこの女は……ただ者じゃねぇな……」

「生徒会長さん、アンタからはわっちと同じ匂いを感じるねぇ？　どうだい、ここはお互いに洗いざらい事情を話してみるのが手っ取り早いんじゃないかい？」

「……ふん。どうやら、そのようだな。よかろう。じゃあ話してやる。オレの前世は織田信長だ」

「アタシの前世は吉原《よしわら》の花魁だよ。生憎、歴史に名前は残っていない程度のだけどね」

ふたりのかわす会話に和治は混乱する。

（戦国時代の織田信長に江戸時代の花魁？　時代が違うけど……）

「こいつは明智光秀だぞ？」

「いいや、ダーリンはあたしを身請けしようとしくれた大商人様さ。明智の血を引いてるって話だったけどね」

このふたつの話からすると、前々世が戦国時代の明智光秀で前世が江戸時代の大商人ということになる。

「ちょっと待ってくれ、俺にはそんな記憶はないんだけど……」

「ダーリンは忘れちゃってるみたいだけどアンタに間違いないよ。わっちは結局アンタと結ばれることなく死んじゃったけど。死ぬ間際に絶対に来世では結ばれたいと思ったのさ。それでアンタの顔を見たときにビビッときた。間違いようがないね」

「俺だってビビッときた！　おまえは明智光秀だ！　間違いねぇ！」

ヒートアップする女子ふたりに、和治はタジタジだ。

（……でも、なんだろう、確かにふたりとは初めて会った気がしないんだよな……どこか懐かしい気持ちになるというか……）

　今まで異性に対してほとんど心動かされなかったが、ふたりは違う。

　自分にとって特別な存在であることがわかる。

「とにかく光秀、いや、和治！　なんでおまえが本能寺の変を起こしたのか訊きてぇ！」

「わっちはとにかくアンタといられればなにもいらないよ。それだけが望みさ」

　ふたりの真摯な思いが伝わってきた。

　異常な事態だが、やはりふたりとは前世からの縁があるのだろう。

「わかった……俺もそのうち前世を思い出すかもしれないし……ふたりに協力するよ」

「おお、そうか！　そりゃあ、ありがてぇ！　考えてみりゃここでいきなりおまえを成敗しちまったら本能寺の変起こされた理由が永久にわからずじまいだしな！　よし！　そんじゃこれからは毎日とは言わねぇが生徒会の仕事を手伝え！」

「さすがわっちの惚れた男だよ！　その優しさに何度救われたことか。ふふ、これからは毎日が楽しくなりそうだねぇ～♪」

　それぞれ前世の記憶に悩まされていた面もあるのだろう。

　ふたりは憑き物がとれたように明るく笑う。

（……なんだかとんでもないことになってしまったな……）

和治は、これから先の予想できない未来に呆然とするばかりだった。

●　●　●

日曜日の朝。

（あれからふたりと連絡先を交換してメールとかもするようになったけど……俺は前世を全然思い出さないんだよな……）

それが普通のことだが、ふたりはバッチリ前世の記憶があるので困る。

（特に華蘭は前世で俺と愛を誓いあったらしいから好感度が異様に高いんだよな……）

「ハルー♪　おはよー♪　ごはんできてるよーっ♪　お部屋に持ってくねー♪」

ドアの向こうから声がかけられたかと思うと、オムライスをお盆にのせた華蘭が部屋に入ってきた。

「ちょ、なんで俺の家にいるんだよ!?」

「あー、うん。『わたし、和治さんの友人で、結城華蘭と申します。本日一緒に勉強を教えてもらう予定でして、誠に恐縮ではございますが和治さんがお目覚めになるまで中でお待ちしてもよろしいでしょうか？』って真面目そうな女子を装ったら、ご両親が許可してくれたんだ♪」

先日の花魁モードのときもそうだが、口調どころか雰囲気まで瞬時に変えられる特技を持っているようだ。

（見た目は完全なギャルだけど、この声だけ聞いたらすごい真面目そうだよな……）

前世が花魁だけあって人によって対応を変える能力が高いのかもしれない。

「で、ご両親に許可とってオムライスを作ったの♪　味見してもらったんだけど大絶賛♪あ、ご両親は出かけたから、今家にはアタシとハルのふたりだけ～♪」

「ハルって……」

「和治だからハル♪　いい響き♪　はい、それじゃ、ハル♪　まずはしっかり腹ごしらえ！ほら、あーん♪」

有無を言わさぬ強引さで、和治はオムライスを食べさせられてしまう。

「もぐもぐ……すごく美味しいな！　中はチキンライスなのに味に深みがある！」

「あたしこう見えて料理得意なんだ♪　絶対にあたしとつきあうとお得だよ♪」

にへっ♪　と笑う姿は愛嬌抜群。ギャル特有の親近感がある。

「もちろん、前世が花魁なアタシはこっちの技術も抜群だからね？」

スプーンと皿を置くと華蘭はこちらの股間に手を伸ばしてきた。

「ちょ、わわっ」

「ふふ♪　寝起きだからおっきしちゃってるねぇ♪　食欲の次は性欲満たしちゃう？」

「で、でも……」

「まだ早いって？　でも大丈夫♪　前世で誓いあった仲だからね～♪　だから、今世では早めにエッチなことをしても問題ない♪　でも、まずは食欲満たそう～♪」

笑顔で主導権を握られてしまう。

（これが花魁の手練手管？　それともギャルだからか？）

なんにしろ華蘭は魅力的だった。そこらへんのギャルとは格が違う。

ともかく和治は華蘭から「あーん♪」されながらのオムライスを堪能した。


「はい、それじゃ～……♪　食後のデザートはアタシのおっぱいだぁ～♪」

華蘭は服をめくると、ブラジャーを見せてくる。

黒のレースデザインは扇情的で艶やかだ。そして、なによりも――。

（で、でかい！）

服の上からでも大きいことはわかっていたが、下着姿だと巨乳っぷりが強調される。

「ふふ、戦闘モードになってくれたかな～？　ほら、こっちきて♪」

「え、あ……」

「遠慮しない♪　ほらほら、おいで～♪」

優しく促されて和治は華蘭の前までやってくる。

「はい、いらっしゃい♪　ようこそおっぱいの楽園へ～♪」

「うぷぷっ……」

顔面に拡がる柔らかな感触。甘い香り。

股間のイチモツは硬度を増していった。

「あれあれこれはずいぶんと初々しい反応だなぁ～♪　ふふ♪　ハルは前世でもおっぱい好きだったしね～♪　あ、そうだっ。重要なこと訊き忘れてたよ。ハルって今世ではまだドーテーくんなのかな～？」

「あ、ああ」

「そうなんだ♪　じゃ～、まだ誰にもされたことないんだ～♪　ふふふ♪　こりゃあ華蘭さん俄然燃えてきちゃうなぁ～♪　ぜんぶアタシが教えてあげるから安心してね～♪」

ギャルと花魁があわさったことで謎の抱擁感とエロさがある。

「ほぉ～ら、もっとアタシに甘えていいんだよ～♪　いいこいいこ♪　よしよし～♪」

華蘭は子どもを甘やかすように後頭部を優しく撫で回してきた。

体からは力が抜けていくのに肉棒だけはどんどん硬くなっていく。

「はい♪　こんにちは～♪　あっ♪　朝だから、おはようございますかな～♪」

慣れた手つきでパジャマから肉棒を取り出される。

「はい、おはよう～♪　それじゃ、あたしも、おっぱいおはよう～♪」

そして、華蘭もブラジャーをたくしあげてブルンッ♪　と豊乳をさらけ出した。乳首はピンと尖っているが、中央は陥没気味というマニアックかつエロティックなものだ。

「ごくっ……」

思わず生唾を呑みこんでしまう。

「ふふ♪　それじゃ～、アタシのおっぱい吸ってみよっか♪」

「えっ、吸うってっ……」

「はーい、ハルちゃん♪　ママのおっぱいでちゅよ～♪　いっぱいチュッチュして大きくなりまちょうね～♪」

華蘭はまるで赤ん坊に言い聞かせるように促してきた。

(これで甘えちゃうのって男として情けないんじゃあ……)

でも、頭を優しく撫でられ続けておっぱいを頬にあてられると理性が崩れていく。

「じゃ、じゃあ、いただきますっ……んちゅっ、じゅうっ、んちゅううっ……！」

「はうんっ♪　ふあぁ♪　はあぁんっ♪　ハルちゃんったら、おっぱいチューチュー上手すぎぃ♪　そんなに乳首吸われたら、ママ、とっても感じちゃううっ♪」

花魁の余裕とギャルのエロさがあわさって、この上なく興奮するのに癒される。

(ああ、乳首ってこういう舌触りなんだ！)

童貞の和治にとって願ってもない状況だ。

特に味はしないが乳首を吸うという行為によって肉棒がバッキバキに勃起してしまう。

「あら～♪　ハルちゃんったらママのおっぱい吸ってオチンチン勃起しちゃったんでちゅかぁ～？　いけない子でちゅね～♪　ふふふふ～♪」

母性と淫らが混じりあう口調にゾクゾクしたものが背筋を走ってしまった。

（……俺、変な性癖に目覚めそうだ……）

そこで、さらに華蘭は畳みかけてきた。

「それじゃ～ママがお手々でシコシコしてあげまちゅからね～♪　ほぉ～ら、シコシコ♪シッコシコ～♪　白いおしっこ出しちゃいまちょうねぇ～♪」

華蘭は優しい口調で言葉責めしながら肉棒をしごいてきた。

（うあぁ、指が絡みつくっ……！　しかもすごく柔らかい！）

自分の手でするのとは次元が違う快楽だ。

「あはっ♪　ビクビクしちゃってかわいいでちゅね～♪　先っぽからヌルヌルしてるのも出てきちゃいまちたよ～？　そんなに気持ちいいんでちゅか～？」

「んちゅうっ、ちゅううっ！」

和治は乳首に吸いついたまま頷いた。

「うふふ～♪　ハルちゃん、かわいいでちゅね～♪　それじゃあ、もっとしてあげましょうねぇ～♪　えいえいえい～♪」

華蘭は体を揺らしながら手コキ速度を上げていく。

股間に快楽エネルギーがガンガン溜まっていき、いつ暴発してもおかしくない状況だ。

「ふふふ～っ♪　カメさんが、こーんなにプックリしてきて、とっても熱くなってまちゅねぇ～♪　タマタマもきゅーんって持ち上がっちゃってるし、白いおしっこピュッピュしちゃいたいのかなぁ～？」

「ちゅうっ！　ちゅぅう！」

もはや頷くこともできずに和治は強く乳首に吸いついた。

「はうぅうんっ♪　ママを感じさせちゃうなんてイケない子でちゅねぇ～♪　ふふ♪　それじゃあイカせてあげまちょうねぇ～♪　ほぉら、シコシコ♪　シコシコ～♪　いっぱい白いおしっこ出しちゃいましょうねぇ～♪　はいっ♪　いち、にーの、さんっ♪」

「んんんぅううぅぅうう！」

乳首に吸いついたまま和治は股間を激しく突き上げて射精した。

「すごいすごいっ♪　すごいでちゅねぇ♪　ハルちゃんとっても上手にお射精できまちたねぇ～♪　えらいえらいっ♪」

子どもを褒めるように亀頭を撫でられ、さらに精液が噴き出した。

「あはぁ♪　ハルちゃんいっぱい溜まってたんでちゅね～♪　ほぉら、全部出しちゃいましょうねぇ～♪　えいえいえい～♪」

「んんんんんんん～！」

射精中にも容赦なくしごかれてしまい頭が真っ白になる。

それでも腰だけは本能のままに振って射精をし続けてしまった。

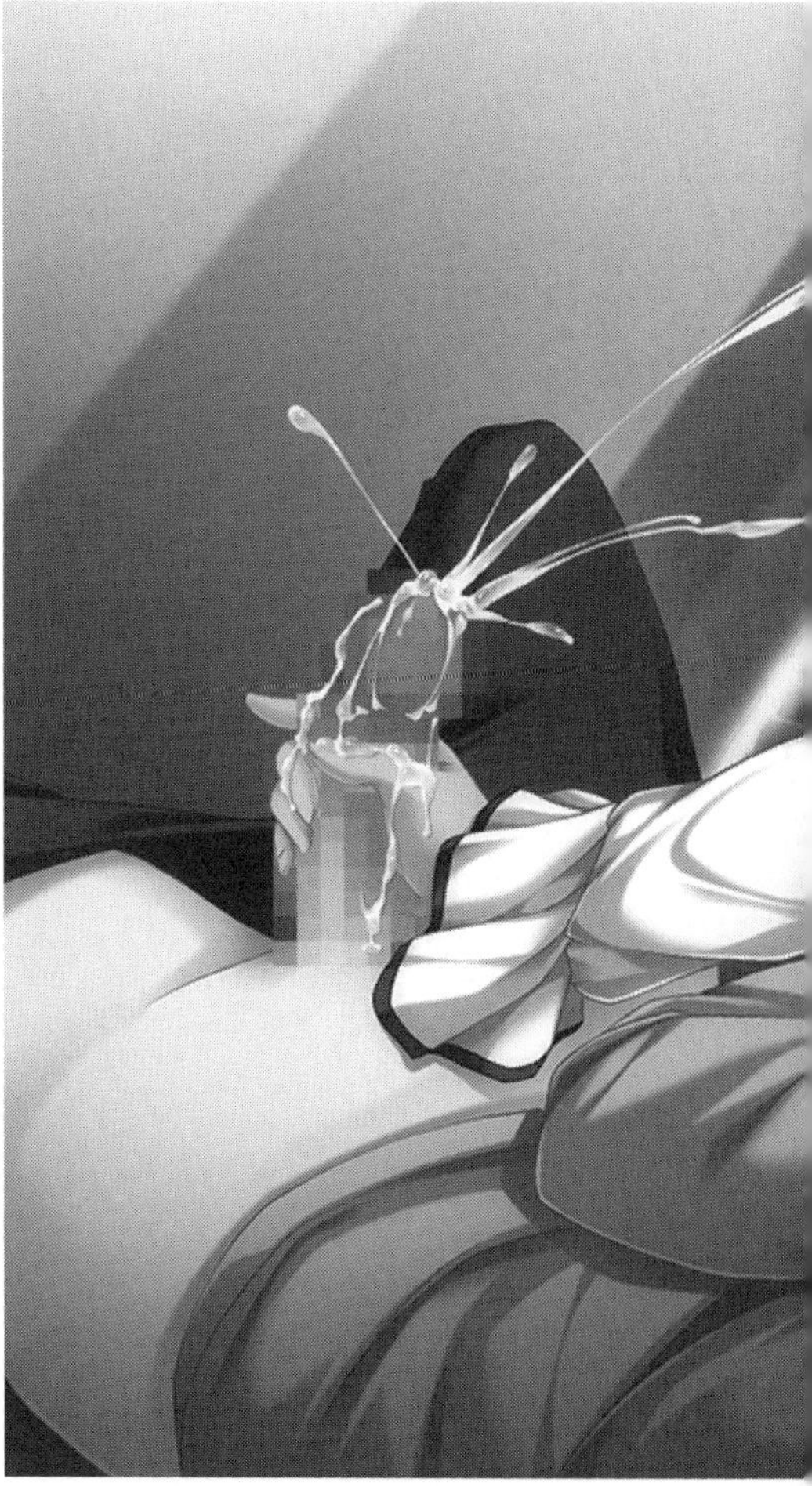

「あはは～♪　いっぱい出したねぇ～♪　オチンチンさん、スッキリできたかなぁ～♪甘えんぼハルちゃん、このままおねんねする？　ママが子守唄ってあげまちゅよ～♪」

射精し終えたことで急激に和治は冷静さを取り戻した。

(俺、初めてのエッチでなんという情けない姿を！)

血の気が引く思いだったが、華蘭はニコニコと楽しそうな笑みを浮かべていた。

「ふふふ、どうだった？　前世でもハルはあたしとこういう遊びしてたんだよ？」

「そ、そうだったんだ……」

前世の自分の性癖に驚きつつも、でも、これはハマってしまいそうだ。

(考えてみれば、俺、なぜかバブみを感じるエロ漫画が好きだったんだよな……)

もしかすると前世の影響があったのかもしれない。

「ティッシュでカメさん拭いてあげるね～♪　ふふふ♪　オチンチンまだビクビクしてるねぇ～♪　もう一回遊んじゃう？」

「い、いや、やめておくよ。ちょっと今の俺には刺激が強すぎた……」

「そう～？　ふふ、でも、徐々に慣らしていくのも楽しいかもねぇ～♪」

舌なめずりする華蘭にゾクゾクした興奮を覚えてしまう。

(……すごい色気だな……これが花魁ギャルの力か……)

和治は圧倒されるばかりだった。

事後処理を終え手を洗って部屋に戻ったところで、華蘭がいきなりブラジャーとショーツを脱ぎ始めた。

「えっ、ちょっと⁉」

「はいっ♪　ハルにプレゼント♪　このホカホカの下着ハルにあげるから、アタシのことが恋しくなったらこれでオナニーしてね♪　それじゃ、アタシは友達と約束あるから今日はこれにて退散～♪　ではでは♪　まったねーっ♪」

　華蘭はカバンから着替えのブラジャーとショーツを取り出して着替えると部屋から出ていってしまった。

「……嵐のように来て嵐のように去っていったな……」

　残されたのは脱ぎたてショーツとブラジャー。

　そして、賢者モードの和治。

「童貞の俺にはいろいろ刺激が強すぎる」

　でも、悪くない気分だ。

　和治はブラジャーとショーツを手に取る。

　まだ生温かくて、甘い香りがしていた。

「……オナニーしようかな……」

さっきの衝撃的な性行為を思い出し、和治はさっそく華蘭の下着で自慰をしてしまうのだった。

●　●　●

（えーと、今日の放課後に生徒会室に来いってメールがきたけど……）

月曜日。和治は織愛に呼び出されていた。

先日追いかけられたトラウマがあるが、勇気を出して和治は生徒会室に向かった。

「……あ、あの、下園和治です。来ました」

「おお、逃げずにちゃんと来たか。褒めてつかわすぜ？　入れ」

ノックすると、すぐに声が返ってくる。

室内に入ると、正面の席に織愛がふんぞり返るように座っていた。

「今日はおまえに生徒会の仕事を手伝ってもらう。まずはこれを見ろ」

織愛はノートパソコンを取り出して操作すると、こちらに画面を向けてきた。

そこに書かれていたのは――、

「……『バイク通学許可による生徒側と学園側の利益』？」

「ああ。オレは前世が信長なだけに進歩のない組織や制度ってのが許せねーんだよ。で、学園を改革すべく手を打つことにした。学園に通う優秀な学生をさらに増やすためにはバイク通学を許可すれば簡単だとわかったのさ。部活の朝練や放課後の部活、遅くまでやる補修を誰でも受けられる。それに女子もバイクに乗れれば夜間に犯罪に巻きこまれる可能性が低くなる。今の時代にバイク乗りに優しい学園を押し出せばアピールポイントになる」

無茶苦茶な計画だが、織愛は自信満々なようだ。

「うちの学園は財力も知名度もねぇからな。これぐらい大胆な改革をやらねぇとダメだ。まずは話題にならねぇと話にならねぇ！　というわけで協力しろ、光秀、いや、和治！」

「う、うん……わかった」

前世の罪滅ぼしのために和治は協力することにした。

そして、資料を作成し始めて三十分ほどして……。

「かーっ、今日は暑いぜ！　ったくクーラーもロクに使えねぇたぁダメ学園だよなぁ！」

織愛は襟元を大胆に開きながらパソコンを操作していた。

（スポブラがめちゃくちゃ見えてるんだけど……）

中性的な顔立ちとはいっても、十分に織愛は美人である。

汗ばんだことでシャンプーの香りが強くなり、フェロモンじみたものを感じてしまう。

「……あ、あの、会長？　あまり襟をだらしなく開けてるのは生徒代表としてどうかと思いますけど」

「あぁん？　そんな細かいこと気にしてられっか！」

むしろ逆にさらに大胆にはだけさせてくる始末だ。

（スポブラってだけじゃなくて、ファンシーなキャラのプリントがされている……？）

これでは小学生みたいだ。

そのギャップがエロティシズムを刺激する。

（うっ……こんなことで股間が反応するなんて……）

和治は織愛から視線を逸らし前かがみになった。

こんなことで勃起したなんて知られたら末代までの恥だ。

「ん？　てめぇ、なにか武器でも隠してんのか⁉　謀反を起こすなら容赦しねぇぞ⁉」

「こ、これは……って、うわぁ⁉」

誤解した織愛によって、和治は襟首を掴まれ床に引きずり倒されてしまった。

仰向けになったことで、勃起が強調されることになる。

「……ん？　おい？　これぁ、どういうことだ？　まさかオレのブラを見て欲情しやがったのか？」

眼光鋭く睨まれながら訊ねられる。

「は……はい」

　こうなると正直に頷くしかない。

「……くくっ、前世が光秀のくせにオレに欲情するたぁ、おもしれぇ！　よし！　ここはひと肌脱いでやるぜ！　一発抜いてスッキリしてから仕事すれば効率よくなるだろ！」

「えぇぇえ⁉」

「なに驚いてんだよ。喜べよ！」

　前世が織田信長だけあって、思考も行動もぶっ飛んでいた。

　やはり常人にはついていけない。

「おら！　思い立ったらすぐに行動だ！　くくっ、桶狭間を思い出すぜぇ！」

「うわぁあああ⁉」

　和治は強引に学生ズボンを剥ぎ取られてしまう。

　一方で織愛はブラジャーを脱ぎ捨てて豊乳をさらけ出していた。

(織愛のおっぱいも華蘭ちゃんに負けず劣らずデカい！)

「おっ！　さらに勃起しやがったな！　へへ！　こりゃあ楽しくなりそうだぜ！」

　織愛は戦場で大将を見つけたように瞳を輝かせる。

「よし、てめぇの首はオレがいただいてやるぜ！」

　織愛は綿パンを脱ぐと亀頭にクロッチがあたるようにかぶせてきた。

「おらおら！　本能寺の恨み、ここで晴らしてやるっ！」

織愛は綿パン越しに肉棒を掴むと乱暴に上下にしごき始める。

「うあぁあ、あぁあっ！」

「おうおう、まだまだデカくなりやがるのか！　いいモン持っててんじゃゃねぇか！」

獰猛な笑顔を浮かべながら、より手の動きを激しくしていく。

「ちょ、ま、待って、会長っ……！」

「待てと言われて戦が終わったら戦国時代なんてねぇんだよ！　おらおらおらぁ！」

情け容赦ない攻撃に、和治は防戦一方だった。

（前世が男だったからか肉棒の扱いが上手すぎるっ！　そもそも信長って両刀使いだったから森蘭丸《もりらんまる》や前田利家《まえだとしいえ》とあんなことやこんなことしてたんだよな⁉）

そう考えると倒錯的な気分になってきてしまう。

「へへ、亀頭から汁が出てきやがったぜ？　そろそろ終わりだなぁ⁉　ほら出せ！　本能のままに出しちまえっ！　オレのパンツに出してスッキリしちまえっ！」

「あぁあっ！　で、出るっ！　本当に出るぅうっ！」

一気呵成の速攻手コキに為す術もなく和治は限界を迎えた。

「うぁあああああーーーーーー！」

「おおっ、イきやがったな！　パンツ越しでもわかるぐらいドビュドビュ断末魔を上げてやがるぜ！　ははは っ！　どうだ！　下園和治討ち取ったり！」

織愛は満足そうに笑いながら、なおも手を動かし続けていた。

「ちょ、も、もう、無理っ……うぁあ！」

「そうは言ってもまだまだ出てくるぜ？　なんだずいぶん溜めこんでたもんだな！　……欲求不満を適度に解消しておかねぇから、おまえは謀反なんて起こしちまうんだぜ？」

とはいっても、昨夜は華蘭のブラジャーとショーツでオナニーをしたのであまり溜まっていなかったはずなのだが。

（……織愛が刺激的すぎるというか手コキが上手すぎるんだよな……）

「さぁてと。楽しんだところで、さっさっと仕事片づけようぜ！」

織愛は和治の精液がたっぷり沁みこんだ綿パンを迷うことなく穿いてしまう。

（豪快すぎる……）

やはり前世が英雄だけある。

精液だけでなく度肝まで抜かれた和治は、そのあとは粛々と書類作成の仕事をこなしていくのだった。

第二章　ギャルのフェラVS生徒会長のパイズリ

織愛の打ち出した改革案『バイクで楽々通学』は生徒たちの間で話題になっていた。

各階にある掲示板の前では人だかりができている。

「さすが生徒会長！　やることが痛快かつ俺たちのことまで考えてくれているよな！」

「わたしバイク乗ってみたいと思ってたんだぁ！」

「親衛隊のあたしたちもこれで機動力が上がるわ！」

その後ろを和治は通りすぎていく。

（……楽市楽座ならぬ楽々通学か。やはり交通の利便性って改革に欠かせないことなのかもな……それにしても、さすが前世が信長だけあってカリスマ性があるよな……）

校内で織愛人気が高まっているのを肌で感じる。

教師陣も生徒から絶大な支持を集めている織愛に対しては強く出られないようで、先日のバイク通学及び乱闘に対しても処分ができないようだった。

（俺も文書作成で協力できたし本能寺の変の罪滅ぼしを少しはできてるかな……）

そんなことを思いつつ和治は生徒会室に向かった。

なんだかすっかり生徒会の一員だ。

「おう！　来たな和治！」

織愛は上機嫌で迎えてくれた。

「各階の掲示板見てきたけど話題沸騰って感じだったよ」

「だろ、だろ⁉　オレが予想したより好感触だぜ！　それもおまえがメリットをまとめたわかりやすい文書を作ってくれたからだ！」

「ははは、まぁ、役に立てたのならよかったよ」

「おお！　この喜びを全身で分かちあいてぇな！　よし、相撲でもするか！」

そう言うや否や織愛はこちらに組みついてきた。

「うわっ、会長⁉」

「ほら、オレの腰をしっかり掴め！」

織愛はこちらの学生服のベルトを掴んで抱き寄せてくる。

(そういえば織田信長って相撲好きなんだよな)

なら、これに応えることは友好度を上げることに繋がるだろう。

和治もおそるおそる織愛のスカートのウエスト部分を握った。

「よし！　それじゃあ始めるぜ！　おりゃあぁああっ！」

「うわああああああああっ⁉」

いきなり和治は投げ飛ばされてしまった！

（ちょ、なんだこの強さは！　俺だって一応スピンバイクで鍛えてるのに！）

「オレの勝ちだな！　組んでみてわかったが、おまえけっこう鍛えてんだなぁ！　おら、せっかくだからもっとその肉体を堪能させろ！」

織愛は仰向けで倒れているこちに飛びかかって抑えこんできた。

「ちょ、ちょっと、会長っ」

「ここが戦場だったら、おまえの首は落ちてるところだぜ？　ま、今回はカリ首をしごくくらいで我慢してやっかな♪　やっぱり相撲とるとムラムラしてくるんだよなぁ！」

上機嫌でこちらのズボンを脱がそうとしてくる織愛。

しかし、そこでドアが開かれて華蘭が現れた。

「ちょっとお待ちよ。ハルが生徒会に協力しているって聞いてきたけれど……なんだい、ずいぶんとお熱い様子さねぇ？　けれど、お天道様はまだまだ高い……」

華蘭は花魁下駄《おいらんげた》を履いているかのように腰の位置を変えず脚だけを動かして優雅に近づいてくる。

いわゆる外八文字《そとはちもんじ》。花魁道中のときの歩き方だ。

（なんだこの気品は……神々しさすら感じる）

見た目はギャルなのに、確かに花魁がそこにいると感じられる。

「アタシは恋する女としてハルに用事があるんだ。ちょっとハルを借りてくよ」

「おい、こら！　今はオレがコイツに用があるんだ！」

「ここのところ生徒会のために働かせてたんだろ？　独り占めは許さないよ。それにあんた前世じゃ部下をこきつかってばかりいたから裏切られたんじゃないのかい？」

「うぐぐっ⁉」

弁舌にかけては華蘭が上だった。

「ん、まぁ、花魁モードはここまでにしておいて〜。アタシがハルを好きになるのとハルがおりっちに協力するのは両立可能でしょ〜？　なら硬いこと言わな〜い♪　硬くするのはオチンチンだけで十分〜♪　んじゃ、ハル、行こ〜♪」

急にギャル口調になったことで空気が弛緩する。

その隙に和治は華蘭に手を繋がれて、生徒会室の外へ連れ出された。

「それじゃ〜、ここからは華蘭ちゃんタ〜イム♪　というわけでバトンタッチならぬ肉棒タッチ〜♪」

華蘭は繋いだ手を自然に移動させてズボン越しに股間を掴んできた。

「ちょ、ここ廊下だって」

「廊下じゃダメ～？　なら、しょうがないな～♪　ハルを女の花園にご招待～♪　女の子がいつもお花を積んでるところだよ～♪」

「えっ、それって女子トイレ⁉」

「ぴんぽんぴんぽん～♪　大正解～♪　はい、一名様ご案内～♪」

そのまま和治は女子トイレに連れこまれてしまった！

幸いなことにほかに利用者はいないようだ。

「よ、よかった……でも、いつ誰が来るかわからないじゃないか」

「だから興奮するんじゃん～♪　はい、個室でエンジョイしちゃおう～♪」

味わったことのないスリルに肉棒は萎縮するどころか逆に硬くなってきてしまう。

（こんなときでも勃起するなんて俺も意外と単純なんだな……）

肉棒はいくら知性があっても制御できない。

「あはは～♪　こっちは正直だねぇ～♪　素直なオチンチンかわいい～♪　それじゃあ～、ズボンを脱がして～、はい、こんにちは～♪」

ズボンから解放されたときには、肉棒はすっかりフル勃起していた。

「ふふふ～♪　元気いっぱいだねぇ～♪　それじゃあ、まずはタマタマから～♪　なでなで～♪　もみもみ～♪　ふふ♪　すっごいずっしりしてる～♪　精液タプタプだぁ～♪」

華蘭は玉袋を下から包みこむように持ち上げ、くすぐるように優しく撫で回してきた。

すさまじいテクニックだ。

「ふぉお！　うぐっ、ふ、ふうっ……！」

「あはは♪　気持ちよさそ〜♪　タマタマそんなに気持ちい〜？」

「あ、あぁあ……き、気持ちいい」

「そうなんだ〜♪　ああ、そうだ。先日アタシがお土産にあげた下着だけど〜、ちゃんとオナニーのときに使ってくれてる〜？」

　華蘭は玉袋を軽くマッサージしながら訊ねてくる。

「えっ、あ、うぅっ……うん……」

「へぇ〜♪　じゃあ、あたしのパンツ嗅ぎながらオナニーしてるんだ〜？」

「そ、それは……うん……」

「嬉しいねぇ〜♪　愛する人にオナニーのオカズにされるなんて女冥利に尽きるね〜♪　これはテンション上がっちゃうよぉ〜♪」

笑みを弾けさせて、華蘭は玉揉みの動きを強めていく。

「うぁあぁ、ちょ、ま、それ、だめ、だめだっ……」

存在が揺さぶられるかのような快楽が襲ってくる。

前世が花魁だけあって性的なテクニックがすごいようだ。

「もうこんなに先走りを溢れさせちゃうなんてねぇ～♪　ほんとにハルは感じやすいんだねぇ～♪　エッチなことが大好きな男の子なんだねぇ～♪」

金玉をいじられながら言葉でも弄ばれて、心身ともに手玉にとられてしまう。

（これが花魁の話術？　それともギャルのトーク力？）

どちらにしても気持ちがいい。

天国にいるかのようだ。

「アタシはハルのどんな性癖でも受けて止めてあげるからね～♪　アタシの前ではどんなに情けない姿を晒しても大丈夫だから安心して変態になろうね～♪」

「あ、ああ……」

花魁ギャルの包容力に、和治は骨抜きにされていってしまう。

「えへへ～♪　それじゃあ、これからどうしてほしい～？」

華蘭は舌舐めずりしながら訊いてくる。

「えっと、そ、それは……」

頭に浮かんだのは『フェラチオ』の単語である。

でも、それを言い出せずに口ごもってしまう。

「ふふふ～♪　アタシの舌でペロペロしてほしいんじゃないの～？　フェラチオしてほしいんじゃない～？」

完全にこちらの思っていることは筒抜けだった。

「あ、ああ……し、してほしい、華蘭ちゃんにフェラチオしてほしいっ！」

「んふふ～♪　よく言えました～♪　それじゃあ～、ちゃんとお願いできたご褒美にしてあげよっかな～♪　れろおぉお～♪」

こちらに見せつけるように華蘭は舌を亀頭に伸ばしてくる。

「うひゃあっ……！」

初めて味わう生温かい感触に思わず声を上げてしまう。

「えへへ～♪　ほんとハルって敏感だねぇ～♪　奉仕のしがいがあるなぁ～♪　んれろっ、んちゅるっ、じゅるちゅうっ♪」

「うぁあっ、あぁっ、あああぁ……」

和治は次々と亀頭を舐められて情けなく喘がされてしまった。

「はぁん♪　オチンチンの味っ、久しぶり～♪　やっぱり興奮する味だよねぇ♪　ほぉら、ハル、濃い我慢汁どんどん出していいからねぇ～♪　んちゅっ♪　ちゅうぅ♪」

今度は唇を密着させて鈴口を吸うようなテクニックを繰り出してくる。

「うあぁ、あぁぁあっ！」

甘く痺れるような刺激に思わず腰をビクつかせてしまった。

それでも華蘭の口撃はとまらない。

「ちゅっ、くちゅうっ♪　オチンチンのお世話ならアタシに任せてね～♪　戦国大名よりも花魁のほうが絶対にテクニシャンだよぉ～？　れろれろれろっ♪　れろれろぉ～♪」

上目遣いしながら自らを売りこむように舌を盛んに這わせていく。

まるでそれ自体が別の生き物かのようだ。

「あぅうっ、そ、それ、すごいっ、すごすぎるっ！　あぁぁあっ！」

「れるちゅっ♪　ハルったら脚バタバタさせちゃって～♪　そんなにいいんだ～♪」

「い、いいいっ、すごく、いぃいいっ……あぁあ」

和治はだらしない声を上げて全身を弛緩させていってしまう。

「アタシに任せてリラックスしちゃっていいからね～♪　それじゃあ、次は～……カリ首のところをキレイキレイしちゃおうかなぁ～♪　んれるっ♪　れるれるれろぉ♪」

華蘭は器用に舌先を曲げてカリ首を舐めてきた。

「はうっ、う、うあっ……！　華蘭ちゃんっ、うぁあっ！」

「あはっ♪　いいんだよ、ハルっ♪　感じてる声いっぱい出しちゃってもっ♪　ほらぁ、エッチな声アタシに聞かせてぇ～♪　れろぉ♪　れろれろれろぉ♪」

「あぁ、華蘭ちゃんっ、上手すぎるっ……！」

「ふふふっ♪　まだまだこんなもんじゃないよ～♪　ここからアタシの本気見せてあげるね～♪」

華蘭は舌を引っこめると今度は口を開く。

そして――、

「いっただっきまぁ～す♪　あむぅううっ♪」

――ビンビンに勃起した肉棒を咥えこんでいった。

「うあぁあああぁあっ……」

ねっとりした温かい感触に包まれ、快楽と多幸感が拡がっていく。

（舐められるのもいいけど咥えられるのもすごく気持ちいい！）

だが、まだ口内奉仕は始まったばかりだ。

「はむうぅうっ♪、んぷちゅくぅうう♪　ぢゅるるぅうっ♪　ぢゅるちゅぷっ♪」

華蘭は唾液を滲ませてスケベな音を立てながら、ゆっくりと顔を動かしてきた。

口内で肉棒が優しくしごかれて例えようのない快楽が押し寄せてくる。

「うぁああっ……！　華蘭ちゃん、本当に、すごすぎっ……」

「んぷあっ♪　喜んでもらえて嬉しい～♪　ハルのオチンチンすごくおいしいよ～♪　お

っきくてしゃぶりごたえ抜群～♪　濃い汁もいっぱい出てくるし～♪」

肉棒を口から出した華蘭はニコニコしながら称えてくる。

(自分のモノを褒められるってドキドキするな)

花魁ギャルのトークは実に淫らで男心をくすぐる。

「アタシは好きな人のオチンチンならずっと舐めてられるけど精液味わうのも大好きなんだよね～♪　出したくなったらいつでも出していいからね～♪　はむうぅぅうう～♪」

「あっ、あぁああっ」

再び肉棒を咥えこまれてしまう。

しかも、さっきよりも奥深くまで──。

「あむあむあむあむぅう～♪　れろじゅぷぅう～♪　ちゅぷりゅうぅう～♪」

しかも咥えたまま口をモゴモゴと動かしたり舌を這わせながら吸ってくる。

(なんだこの極楽状態は……！)

肉棒がとろけてしまいそうだ。

しかし、華蘭のテクニックはまだこんなものではなかった。

ゆっくりとしゃぶる動きが徐々にスピードアップしていく。

「ぢゅぷるっ♪　むぐちゅ♪　ぢゅるぷ♪　くぷぢゅ♪　ぢゅぐるっ♪　ぢゅぶるぅ♪」

「あぐっ、うぐ、か、華蘭ちゃんっ、うぁあっ」

初めて味わうピストンフェラの快楽に圧倒されてしまう。

あまりの気持ちよさに腰が引けてしまうが、それを追いかけるように華蘭のディープストロートフェラは激しさを増していった。

(ああっ、こんなに喉奥深くまで咥えてくれるなんて！)

尽くされることで、心も満たされていく。

「んぷあっ♪　いつでもピュッピュしていいからね～♪　アタシのお口おトイレにしていいから♪　お射精いっぱいアタシの口でしてねぇ～♪　あむぅうう♪　ぢゅぷるるぅ♪」

そう言うと再び華蘭は肉棒を咥えこむ。

慈しむように唇と舌で愛撫したかと思うと――激しいピストンフェラを開始した。

「あぁあ、華蘭ちゃん、うぁあっ！　激しすぎるっ……！　うぅうっ……！」

暴力的なまでの快楽が襲ってきて、意識が飛びかけた。

(あぁあ！　このまま出す！　華蘭ちゃんの口にっ！　口内射精するんだ！)

これまでに漫画や動画でさんざん見てきたシチュエーションだが、ついに自分が実際にするときがきた。

一方で華蘭は口内ピストンをしながら、さらに射精を促すように両手で玉袋を揉みしだいてきた。

(本当に華蘭ちゃんは最高の花魁ギャルだ！)

テクニックもトークも超一流。

そして、エッチが本当に好きだということが伝わってくる。

「あぁあ！　華蘭ちゃん最高だっ！　出るっ！　出すよっ！　うっあぁあああああっ！」

和治は女子トイレにいることも忘れて絶叫しながら激しく腰を突き上げて射精した。

「んぶぅううううう♪　んぐううぅぅうう♪　んぐじゅ♪　んんんんんーーーーっ♪」

お迎えするように顔を股間に向かって動かし、華蘭は射精を受けとめ続ける。

「あぁあ、華蘭ちゃん、うぁあ、華蘭ちゃんっ！」

「んぐぅっ♪　んぢゅぶ♪　ぢゅぶぅぅうう〜♪」

思わず華蘭の頭を両手で抑えながら射精を続けてしまうが、逆に嬉しそうにくぐもった声を上げていた。

「うっうぅ……はぁ、はぁっ、はぁっ…………あ、ありがとう、華蘭ちゃん……」

和治は感謝の気持ちを伝えながら華蘭の頭を優しく撫でた。

「じゅるずずっ♪　れるじゅっ♪　……んぐっ♪　ごくっ♪　ごくんっ♪」

華蘭はわずかに肉棒から口を離すと、口内の精液を飲んでいく。

「あ、ああ……華蘭ちゃん、俺の精液飲んでくれるんだ」

「ごくんっ♪　んはぁっ……♪　もちろんだよ〜♪　大好きな人の精液なら飲みたくなるのが女だもん♪」

花咲くような笑みでそんなことを言われてしまうとドギマギしてしまう。

「もちろん、お掃除もしてあげるからね～♪　れろぉ♪　れろれろ♪　れっろぉ～♪」

「あううっ、うぁあっ！」

さらにはイッたばかりで敏感になっている亀頭を舐め回されて、和治はビクンビクンと体を震わせてしまった。

「最後に吸い出して上げるね～♪　ぢゅうぅうう────♪」

「ちょ、うわっ⁉　あぁあ！」

最後はトドメとばかりに尿道に残った精液まで吸い出してくる華蘭。

ここまでくるともはや快楽の暴力だ。

「ぢゅ───っ♪　ちゅ────ッぽんっ♪」

「ああああああああああっ！」

すさまじい快楽が股間から脳天にかけて突き抜け、和治は天を仰いだ。

「ぷはぁあ～っ♪　ハルの濃厚精液美味しかったぁ～♪　ごちそうさまぁ～♪」

「……はぁ……はぁっ……はぁ……あぁぁ……」

お肌ツヤツヤな華蘭とは対照的に、和治は息も絶え絶えだ。

「ふふふふ～♪　ちょっと今世のハルには刺激が強すぎたかなぁ～？」

「……う、うん、ちょっと刺激強すぎたかも……」

これまでいろいろなオナホールを試してきたが、比べるのもおこがましいほど華蘭のフェラチオは気持ちよかった。

「またいつでも抜いてあげるから～♪　溜まったらいつでも言ってねぇ～♪」

「あ、ああ……うん……」

（……気持ちいいのは嬉しいんだけど……気持ちよすぎて怖いというか……花魁とギャルの組みあわせって、もしかして最強なんじゃ……）

賢者モードになった和治は漠然とそんなことを思う。

「それじゃ、ハル～♪　今度生徒会室に行くときはアタシも連れてってよねぇ～♪」

「う、うん……」

これからも女子同士の争いは続きそうだった……。

●●●

（やっぱり生徒会の仕事ってけっこう面白いよな……）

和治はそのあとも織愛の学園改革に協力していた。

（目安箱設置はなかなかよいアイディアだったな。生徒たちも面白がって参加してくれてるし織愛の人気が高まって学園も無下にできなくなってるし）

なお、意見はネットでも受付できるようにしている。

(俺には前世の記憶とかないけど企画を考えたり運営するのって好きなのかもな)

そんなことを考えながら生徒会室へ向かう。

なお、華蘭には生徒会室に行くことは事前に伝えていたので階段を上がったところで待っていた。

「わー、ハルー♪　さっそくハル成分を補給するなり～♪　さぁ時は金なり～♪　このまま生徒会室に向かうなり～♪」

「う、うん」

「生徒会室につくまでにおっぱいいっぱい押しつけておくなり～♪」

「おおうっ」

腕にがっつりおっぱいを押しつけられながら歩いていく。

といっても、生徒会室まですぐだ。

和治はおっぱいにロックされてないほうの手でドアを開けた。

「会長、来ました。和治です」

「おりっち～♪　おじゃましまーすっ♪　はろはろ～♪　華蘭ちゃんも来たよ～♪」

「おお、来たな、和治！　って、なんだその乳押しつけ女は！　離れろ、こら！」

「あぁん、おりっち、器が小さい～」

織愛によって強制的に密着は解かれた。

「それにしても和治！　おまえの作った目安箱の効果は抜群だぜ！　生徒たちからいろいろな意見や要望が集まってオレも嬉しい！　生徒会への期待が伝わってくるぜ！」

「うん、役に立てたのならよかった」

「で、今日呼んだのはほかでもねぇ！　おまえに褒美をやろうと思ってな！　戦国時代なら領地でもやるところなんだが……あいにく、現世のオレは財力なくてなぁ……」

織愛は申し訳なさそうに頭をかく。

「ねーえ、おりっち～？　ならさ、ここは体で払うってのはいいんじゃない～？　アタシは器のデカい花魁ギャルだからさ～、ハルを貸すのヤブサカじゃないよ～？」

「いつからおまえのモノになりやがったんだ⁉　和治はオレたちの共有物だろ！　……んー、でもまぁ、褒美となると、それぐらいしかねぇなぁ」

織愛は席から立ち上がると、なぜかこちらに向かって尻を向けた。

そして、そのままジリジリと近づいてくる。

「ちょ、ちょっと待って⁉　なんで俺に尻を向けたまま距離を詰めてくる⁉」

「おい、なんで逃げんだよ⁉　オマエ、オレの尻の穴じゃ満足できねえってのか⁉　前世じゃオレの尻の魅力にみんなメロメロだったんだからな⁉」

「いや、だから俺に衆道の趣味はないって！」

「今の俺は女だ！」

「そうだった！」

織田信長の印象が強すぎて、つい生徒会長の性別を忘れそうになってしまう。

「は～、色気もへったくれもないねぇ～……。恋敵として考えりゃ、わっちとしては安心でもあるんだけど～……でも、おりっち、あんまりにも不器用すぎやしないかい？」

「う、うるせぇ！　オレはオレのやり方で戦国時代を生き抜いてきたんだ！」

「でも、今のおりっちは織田信長じゃなくて霧島織愛だろ？　なら、惚れた男に対して、もうちょっと素直になりよ？」

さすが恋愛のプロフェッショナルである花魁だった。

適確なアドバイスをしてくる。

「……というわけで～♪　あたしは退散するよ～♪　ギャル友の恋愛相談にも乗ってあげなきゃだし～♪　んじゃ、ハル、おりっち、アタシに遠慮せずに楽しみなよ～♪」

手を振ると、華蘭は生徒会室から出ていってしまった。

「……くぅう、なんなんだあの切り替えの早さは！　やりにくいったらありゃしねぇぜ……しかし、一理あるっちゃあるんだよな。確かに今の俺は織田信長じゃねぇんだ……」

織愛は腕を組んで考えこむ素振りを見せる。

「……おう、和治。ところでおまえは華蘭のやつとどこまでヤッたんだ？　……まさか本番までしちまったのか⁉」

「えっ、その……口でならしてもらったけど　それ以上は……」

「ちっ、リードされちまってる感じだな。だが、このまま負けっぱなしというのはオレのプライドが許さねぇ！　そして、華蘭と同じことをするのも癪《しゃく》だ！　なら、これを使うしかねぇ！　今ある俺の武器っつったら、これだ！」

ひとりで勝手に納得すると、織愛は勢いよく自らの胸をさらけ出した。

「ちょっと、会長⁉」

「うるせぇ！　四の五の言わずオレの武器を……女の武器を受けやがれ！」

華蘭と言いあう中で自分の中の現在の武器がおっぱいであると気がついたらしい。

確かにこの巨乳は破壊力抜群だ。

「パイズリってやつぁ前世じゃできるわけなかったからな！　挑戦あるのみだぜ！　ほら、和治！　チンポ出せ！　早くしろ！」

「う、うん」

すごい勢いで急かされて、和治としては従うほかなかった。

「おっ！　いいことを考えたぜ！　おまえはこの間はオレの綿パンで興奮してやがったよな？　なら、これを使うのはどうだ⁉」

織愛は脱いだスポブラごと肉棒を掴んだ。

「うぁあっ、会長っ！」

「なんだ情けない声出してよ。やっぱりおまえは下着フェチなのか？」

「そ、そんなことは……」

否定しようとしたものの、昨日も華蘭の下着でオナニーしてしまった和治である。

（……やっぱり、俺、下着フェチなのか……？）

即答できない和治を見て、織愛は弱点を見つけたようにニヤリと笑う。

「どうやらオレの見立てどおりのようだな！　ならば、その弱点を攻めるまでだ！」

織愛はスポブラをまるで武器のように扱いながら、玉袋から亀頭にかけてこすりつけてきた。

（なんだこのマニアックな攻めは！）

だが、和治にはピンポイントにヒットしてしまう。

「おお！　効いてる効いてる！　いいぞ！　大きくなってきやがった！　もっと膨らめ、膨らめぇ！　チンポ、ムクムクって起き上がれぇ！」

好機を逃さないとばかりに一気に攻めてくる。

さすがは戦国大名だ。

（でも、そう簡単にイカせられてたまるか！）

和治にもプライドがある。

「おうおう、がんばってやがるな！　そうじゃないと面白くねぇ！　じゃあ今度は攻め方を変えるぜ！　チンポを温かくて柔らかいところに招待してやる！」

織愛はスポブラを再び身に着けると乳房の谷間の中を通すようにペニスを挟んでくる。

乳房の柔らかさとブラの圧迫感があわさって、得も言われぬ快楽が襲ってきた。

「はうっ、くっ、はあっ！　それっ、気持ちいいっ……！」

そして、視覚的にも素晴らしい。

「おお、オレの胸の中でチンポがでかくなりやがった！　さすがオレだぜ！　どんな武器でも使いこなせることができるんだからよ！　鉄砲もおっぱいも使い方次第だな♪」

上機嫌で笑う織愛はとても魅力的だ。

(怒ると怖いけど笑うと無邪気でかわいいんだよな)

こういう素直に感情を表すところがカリスマ性に繋がっているのかもしれない。

常に冷静で効率的であろうとする和治にはない部分だ。それは、あるいは明智光秀にも。

「へへ♪　オレのおっぱいでたっぷり攻めてやるぜ♪　名づけて乳攻めだ！　こんな感じの攻め方はどうだ⁉　ぱふぱふっ、ぱふぱふっ！」

織愛は両手で乳房を寄せながら上下に揺さぶる。

「うおおおっ⁉　はうっ、うぁあっ！」

強烈なパイズリ挟撃によって和治は翻弄され、喘がされてしまう。

「おっ、効いてやがるな♪　おまえの大筒、さらに硬くなって角度がついてきたぜ？　ど

うだ？　もっとしてほしいか？」

得意満面の表情で訊ねられる。

「う、うん……も、もっとしてほしい。もっとおっぱいでしごいてほしいっ！」

「おうっ♪　任せておけっ！　どんどん気持ちよくなれよっ！　んっ、んんっ！」

織愛はニカッと笑うと、毬のように体を弾ませながら激しいスポブラパイズリをしてきた。

「うぁあ、あぁあっ、いいっ……！　それ、すごく、いいっ……！」

「んっ、ふぅっ♪　くふぅっ♪　んんんっ♪　これ、オレも気持ちいいなっ♪　デカい胸なんて邪魔だって思ってたが、なかなかどうして女の体も悪くねぇっ♪」

（ある意味、パイズリを通して前世へのこだわりを薄められてるのかもな）

織田信長としてでなく霧島織愛として。

つまり、ひとりの女として——織愛は奉仕してくれている。

(華蘭ちゃんのアドバイスが生きてるのかもな)

前世を覚えてる者同士、争うだけでなく、ときには助け舟を出す。

その関係はとても好ましく思えた。

「どうだ、和治？　オレのおっぱいでどんどん感じて気持ちよくなれよ♪　いつでも出していいからな♪　あぁ、なんかこうやってるとオレも満たされるぜ♪」

「あ、ああっ」

最初は『攻撃』そのものだったが今では『愛撫』に近い動きになっている。

女の武器であるおっぱいを使うことで意識の変化が出ているのかもしれない。

(華蘭ちゃんほどじゃないけど織愛も母性的な気持ちになっているのかもな……)

そんなことを考える間にも快楽エネルギーはどんどん高まり睾丸にチャージされていっている。もうこれは射精も時間の問題だ。

「はぁぁ♪　あぁ、マジで立派なモン持ってやがるな！　くふぅ♪　オレも乳首が勃ってきちまうぜ♪」

その言葉どおりスポブラの布地を押し返すように乳首が尖っていた。

「くうぅっ♪　オレ、女の体になってから一度もイッたことなんてねぇのにっ……おまえのチンポでっ、あぁぁ♪　んっくぅううっ♪」

織愛は体を小刻みに震わせる。

どうやら軽く達してしまったらしい。

「会長、俺よりも先にイッたんですか？」

「う、うるせぇっ。し、仕方ねぇだろっ⁉　想像以上にパイズリが気持ちよすぎるんだからよっ！　だが、ここでオレは終わらねぇっ！　このオレの本気を見せてやる！」

宣言しながら織愛はスポブラを脱ぎ去っておっぱいを完全露出した。

（やっぱり織愛のおっぱい大きいな……！）

ブラジャーなしかつ間近で見ると、その存在感に圧倒される。

そして、織愛のことを異性だと強く意識してしまう。

「お、おいっ！　ジロジロ見るんじゃねえよっ！　オレの胸なんて見栄えのいいもんじゃねえだろっ⁉」

「いや、すごく張りがあっていいおっぱいだと思うよ」

「んなっ⁉　そんな褒めたってなんも出ねぇぞ！　このスケベ野郎！」

顔を赤くして罵るが満更でもなさそうだ。

「……ふ、ふんっ……！　まぁ、ここまできた以上絶対におっぱいでおまえのことを射精させてやるぜ！」

織愛は両手で乳房を持ち上げると谷間深く肉棒を挟みこんだ。

「うぁあ、柔らかいし、しっとりしてるっ」

「おまえの我慢汁で濡れちまったからな！　というか我慢なんてしねぇでさっさと出しちまえ！　お、女のオレに恥をかかせんなよな⁉」

八つ当たり気味に織愛は乱暴なパイズリを開始する。

「うぉあっ、直接おっぱいでこすられるのも気持ちいい！」

「へへっ、本当に気持ちよさそうな顔しやがって♪　そんな顔されたら奉仕する喜びに目覚めちまうじゃねぇかっ！」

文句を言いいつつもどこか嬉しそうだ。

(織愛も女らしさに目覚めつつあるのかな？　ここは身を任せよう)

「ふふっ、まな板の上の鯉ならぬおっぱいに挟まれたチンポだな♪　おまえはオレに全部任せてりゃいいんだ！　いくぜっ！　んんっ♪　んんぅうっ♪」

織愛は勢いをつけてダイナミックなパイズリを開始した。柔らかいのに強い弾力を持つ乳房に蹂躪《じゅうりん》されて、肉棒が犯されているかのような気分になる。

(ああ、すごいっ、これは乳の暴力だっ！　でも、気持ちいい！)

「んぅう♪　くぅう♪　どんどんオレの谷間でチンポが熱くなりやがるっ♪　くはぁっ、いっぱい出せよ♪　ドピュドピュ濃い精液をオレのおっぱいに出せぇぇ♪」

乳房だけでなく硬くなった乳首があたり、さまざまな刺激が押し寄せてくる。

あらゆる快楽が波状的に押し寄せてきた。

「あぁあ、すごい、エロいっ、気持ちいいっ」

「ははっ♪　本当に気持ちよさそうな顔してんなぁ♪　ほらぁ、出せぇ♪　オレのおっぱいでイケぇえええ♪」

パイズリスピードが加速し、ヌチュヌチュという粘着音が生徒会室に響き渡っていく。

（今さらながら俺、学園で、しかも生徒会室で織愛とこんなことを！）

以前の自分からは考えられない。

型破りな織愛とともにいるからこそ味わえる快楽だった。

（明智光秀が織田信長の家臣になったのもこの型破りさに魅力を感じたからかも）

そんなことを思いつつも、和治は昇り詰めていく。

「最後までイカせてやるから、どこにも行くなよ！　ずっとオレといろよ！」

「あぁあ！　イク！　俺、織愛とこれからも一緒にいるっ！　あぁあああ！」

頭が真っ白になり、爆発的な快楽が弾ける。

「うぁあああ！　織愛ぁああああああ！」

和治は本能のままに腰を突き出して射精した。

「きゃあぁんっ♪　ふあぁっ♪　んんんっ♪　うおぉ♪　熱っ♪　すげぇ♪　大量っ♪」

「あぁあ、まだ、出るっ！」

「おぉお♪　こんなに出せるなんてなっ♪　すげぇ男らしい射精だぜっ♪　オマエのこと見直したぞ！」

どうやら射精を通して評価が上がったようだ。

（こっちもパイズリを通して織愛のことをより異性として意識するようになったな）

これも華蘭のおかげだ。

（……さすが花魁ギャル。恋愛の達人だなぁ……）

賢者モードになりながら、しみじみと思う。

「……まぁ、オレも華蘭のアドバイスには少しは感謝しなきゃかもな。あいつは適当なようでいて物事の本質を見る目は確かだ。前世で家臣にほしかったぜ」

ふたりの間で華蘭への評価も上がった。

「とりあえずティッシュで拭いてやるぜ」

「えっ、あ、うん、いや、自分でやるよ」

「遠慮すんなって。オレにやらせてくれ」

「あ、ああ」

かいがいしく世話をされて、いろいろな意味でこそばゆい。

そこで、ポケットに入れてあるスマホにメールがきた。

「ん？　華蘭ちゃんからのメールだ」

「な、なんだと⁉　なんて書いてある⁉」

「えっと…………俺と会長と華蘭ちゃんで、今度の週末、出かけないかってさ」

「なにぃ⁉　どういう風の吹き回しだ！」

「たぶん、仲よくなりたいんじゃないかな？」

こうやって生徒会室にふたりっきりにしてくれたことといい、そういうことだろう。

「……うーん、ま、今回で借りもできたしな。アイツとは友好的にしていくべきか。外交は大事だしな……」

「そうだよ。争ったっていいことはないんじゃないかな」

「……けっ、おまえはどっちにしろ得するだけだもんな。さすが光秀、いや、和治だぜ。おまえはいつだって抜け目がねぇ！」

また以前のような豪放磊落《ごうほうらいらく》な笑みを見せる織愛。

(女らしい織愛も男らしい織愛も、どちらもいいもんだな)

改めて織愛の魅力を感じる和治であった。

第三章　エスカレートするカンケイ

次の休日。和治は、待ちあわせ場所へ向かった。

（一応、十五分ほど余裕を持ってきたけど……ふたりとも、もう来てるかな？）

繁華街近くの駅は、多くの人で賑わっている。

「んっと、いるかな……って、あれ？」

待ちあわせ場所でひときわ目立つ赤い日傘の褐色ギャル。華蘭だ。

問題なのは、華蘭へ向かって軽薄そうな男が声をかけていることだ。

「俺っちと遊びに行こうぜ〜？　君みたいなかわいい女の子放っておけなくてさー」

「気持ちは嬉しいけど、今、友だちを待ってるとこなんだよねぇ〜」

赤い日傘を傾けて華蘭は軽くナンパをいなしている。

しかし、男はしつこいようだ。

「じゃあ、連絡先だけでも！　今度一緒に酒でも飲もうぜ！　いい店知ってんだ！」

「じゃあ、アタシ、ピンクレディーっていうベネズエラのお酒好きなんだけどさ〜。それ飲みに連れてってくれる？」

「ああ、いいぜ！　アレ美味いよな！　俺もピンクレディー好きだぜ！　まさにベネズエラって感じだよな！　んじゃあ、今度飲みに行くってことで！」

（えっ⁉　華蘭ちゃんナンパ男の誘いに乗るのか⁉）

慌てる和治だが――。

華蘭は急に目が据わり右手の指を天に向けた。

「……ご覧よ？　トンビが飛んでるだろう？　トンビみたいに空高く舞い上がった気分になってごらん？　そして、今のアンタを見下ろすんだねぇ？　醜く欲望まみれでとても見れたもんじゃないさ！」

「んなっ⁉　な、なんだよぉ⁉　いきなり」

豹変した華蘭にナンパ男が驚く。

「教えておいてやるよ。ピンクレディーはベネズエラの酒じゃなく卵白を使ったカクテルさ。見栄張って適当に話あわせてるような空っぽなバカ男にわっちが惚れるとでも思ったかい？　ふん、わっちも安く見られたもんだね！　さっさとどっかに行きな！」

「ひぃいっ⁉　申し訳ございませんでしたぁ！」

華蘭の迫力に圧倒されたナンパ男は逃げ去っていった。

「おや、ハル？」

「あ、ご、ごめん、華蘭ちゃん！　待たせて！」

「ううん、アタシも来たばかりだから大丈夫～♪　ん～、というか～、今のやりとり見てた～？」

いつものギャルモードに入った華蘭が訊ねてくる。

「あ、ああ。ごめん、割って入ればよかったよね」

「そう思ってくれるだけで十分だよ～♪　前世じゃ男をあしらうのが仕事みたいなもんだったからねぇ～♪　ほんと、いつの時代も下らない男はいるものさね……あぁ、昔のことを思い出しちまったよ……嫌な客ほどしつこかったもんさ……」

最後は再び花魁《おいらん》の口調に戻り、げんなりした表情になっていた。

「ともかく今日は楽しもう」

「うん♪　そうだね～♪　アタシも今日が楽しみでつい早めに来ちゃったしね～♪　それじゃ気を取り直して～、まずはチュ～♪」

「わわ、華蘭ちゃん、ここ駅前だって」

「関係ないね～♪　嫌な気分は引きずらないのが華蘭ちゃん流だから～♪　ちゅ～♪」

日傘が伸ばされ影にすっぽり入る。

そのまま頬にキスをされてしまった。

「やっぱりいいもんだねぇ～、外の世界は～♪　花魁は自由に廓《くるわ》の外に出ることなんてできなかったからね～……やっぱり自由が一番さ～」

遠い目で過去に思いを馳せる華蘭。

(やっぱり花魁って苦労も多かったんだろうなぁ……なおさら今日は華蘭ちゃんに楽しんでもらわないと)

「華蘭ちゃん、今日は楽しいデートにするから!」

和治は決意を新たにして伝えた。

華蘭はキョトンとした表情をしたあと、嬉しそうに微笑んだ。

「ふふ♪　ありがとう〜♪　もちろんだよ〜♪　じゃ、おりっちが来る前にイチャイチャしよっかぁ〜♪」

華蘭は日傘を畳むとこちらの腕に胸を押しつけてくる。

「か、華蘭ちゃんっ」

「花魁はお客の妻のように振る舞って抱かれるのが仕事だけどさ〜、前世のハルはアタシに本気で好かれようと必死だったんだよねぇ〜♪　それが今はアタシからこんなに積極的にアピールしているんだから面白いもんさね〜♪」

どこか懐かしむような瞳を向けながら、ますます密着を強める華蘭。

待ちあわせの人たちの中でもひときわ美人である華蘭は目立つ。

(周りから注目されてるな……俺と華蘭ちゃんの関係って他人から見たらどう思われてるんだろうか……?)

どうにか華蘭と釣りあうような男にならねばという気持ちになる。

（俺は前世は大商人で前々世は明智光秀だったみたいだけど、今ではただの男だもんな。まだ地位も富も名声もなにもない）

華蘭や織愛のように前世の記憶がないのがもどかしく感じる。

そう思っていると、向こうから聞き覚えのあるバイクのエンジン音が近づいてきた。

「すまん！　途中でガソリンスタンド寄ったんだが、混んでて遅れちまった！」

もちろん、現れたのは織愛だ。

「って！　おまえらいきなりずいぶんと仲よさそうじゃねえか⁉」

「へへへ～♪　恋の勝負は早い者勝ちだからねぇ～♪　あんたも戦国大名だったんなら戦は早さが命ってことわかってるんじゃないかい？」

「くぅうっ！　いちいちもっともなこと言いやがる！　まぁ、遅れてきたオレが悪いな。すまん。すぐにバイク置いてくっから！」

織愛は慌てて近くの駐車場にバイクを置いてから合流した。

「それじゃ、今日はどうする？　特に予定を決めてなかったと思うけど、行きたい場所とかある？」

みんな揃ったところで改めて和治は訊ねた。

「アタシは新作のコスメ見たいかなぁ～♪」

「オレは登山用の靴下とかシャツの使い勝手がいいって聞いたから見に行きてぇ！」

見事に意見が割れていた。というか趣味がまったく違う。

そもそも、ふたりの行きたい店はそれぞれかなり離れている。

一緒に行くとなると、暑い中、かなりの距離を歩くことになるだろう。

(女らしい華蘭ちゃんと性格が男前な織愛じゃ一緒に行動するの無理があったかな)

早くも暗雲が立ちこめかけていた。

「ちなみにハルの行きたいところは～？」

「おお、そうだ！　オマエの行くところに興味あるぜ！」

そこで和治は今日のために調べた場所を提案することにした。

「日本古来の茶器や着物が置いてある美術館なんてどうかな？　ここから近いしネットで調べてみた感じ戦国時代の茶器とか江戸時代の着物も展示してあるみたいだよ」

事前にパソコンでいろいろと調べていたのだ。

情報を制すものが戦でも商売でも勝つことができる。

「おお～♪　さっすがハル～♪　そりゃあ、ぜひ、見てみたいねぇ～♪」

「おぉお！　オレも見てぇぜ！　茶器と聞いたらいてもたってもいられねぇ！」

予想どおり、ふたりは興味を持ってくれた。

（性格的にはぜんぜん違うけど、やっぱりふたりとも日本の文化が好きなんだよな）

せっかくのデートだから、みんなで楽しみたい。

和治はふたりを案内して美術館へ向かった——。


「なかなかよかったねぇ～♪　さっすが、ハル～♪」

「いやぁ～、なかなかの茶器だったぜ！　和治！　いい場所教えてくれて感謝だ！」

美術館を観覧したふたりは上機嫌だ。

なお、昼食は美術館近くのファーストフード店でとり、展示物の感想を言いあった。

（満足してもらえてよかったな。共通の趣味を通してふたりの仲もよくなったし）

やはり頭を使って物事を上手く運ぶのは楽しい。

前世の記憶はなくとも、気質は受け継いでいるのかもしれない。

「やっぱり芸術ってのはいいもんだな！　心が豊かになるぜ！」

「だよね～♪　ん～、じゃあさ～、おりっち？　ああいうのも綺麗だって思う～？　ぜひぜひ感想プリーズ♪」

華蘭はニンマリ笑うと、通りすがりの店のショーウィンドウを指さした。

「おうっ、オレの審美眼に任せとけ！　……って、これは!?」

そこには純白のウェディングドレスが飾られていた。

「着物もいいけど～、やっぱりウェディングドレスもいいねぇ～♪　ねぇ、おりっちも女の子なんだからウェディングドレス好きなんじゃない～？」

「い、いや、その、オレは……」

「やっぱりお嫁さんは女の子の憧れだよね～♪　んふふ～♪　おりっちは誰と結婚したいのかな～？」

「え、あ、その、お、オレ……オレはっ……！」

織愛はチラチラとこちらとウェディングドレスを交互に見て顔を赤くしていく。

そして、頭を抱えて叫ぶ。

「だぁーーーーっ！　やっぱりオレ登山用品見てくるわー！　はい、ここで解散！　また学園でなーーーー！」

「ちょ、織愛っ……!?」

パニくった織愛はいきなり全速力で駆けていってしまった。

「ありゃりゃ～、おりっちったら、こういう話に免疫なさすぎだねぇ～？　ま～、そういうところかわいいんだけど～」

織愛は追いかけられるのを防ぐかのように人ゴミに紛れてしまった。

「どうしよう……」

「ん～、ま～、いいんじゃない～？　登山用品本当に買って帰りたかったんだろうし～」

「華蘭ちゃんは買い物いいの？」

「ふふっ、ふたりっきりになったんなら買い物よりも優先することあるかな～。せっかく繁華街に来たんだし～……おりっちには悪いけどチャンスは生かさないとね～♪」

華蘭は腕を絡めると移動を開始した。

「華蘭ちゃん？」

「行き先はアタシに任せて～♪　こっちこっち～♪」


そして、やってきた場所は——ラブホテルだった。

「ちょ!?　華蘭ちゃんっ」

「さあ、レッツゴ～♪」

「わぁあっ!?」

和治はそのままラブホテルの一室へ連れこまれてしまった。

室内はピンク色に統一されており、淫靡な雰囲気が漂っている。

（……やっぱりギャルの行動力はすごいな……）

フットワークの軽さに和治は感心するばかりだった。

「えへへ～♪　せっかくだから楽しんじゃおうよ～♪」

華蘭はがっしりしたダブルベッドに腰を下ろすと、トランポリンのように跳ねさせて楽しんでいた。

「た、楽しむって……」

(まさかこのまま本当にセックスを⁉)

突然の展開についていけない。

一方で華蘭はマイペースそのものだ。

「それじゃ準備しなくっちゃね～？　お風呂、お風呂～♪」

スキップしそうな足取りで華蘭は浴室へ向かった。

「それじゃ～、蛇口ひねってお湯を入れるよ～。……って、ありゃりゃ～、お湯出るの遅すぎ～っ！　ビジネスホテルでもこんなに遅くないってば～！　ねーえ、ハルっ？　待ってたら時間経っちゃうでしょ～？　ちょっとこっちに来てくれないかなぁ～♪」

「え、あ、うん」

言われたとおり和治は浴室へ向かった。

「ようこそおいでませ、ハル～♪」

華蘭はバスタブに腰掛け両脚を広げ乳房とショーツを見せつけていた。

「わっ」

「ふふ、どう～？　こういうポーズってドキドキするでしょ～♪　もうおっきしちゃったかなぁ～♪」

挑発的な表情を浮かべながら訊ねられる。

その扇情的すぎる姿に、和治の肉棒は急速勃起していった。

「あはは～♪　素直でたいへんよろしい～♪」

「こんな状況で勃起しないなんて無理だよっ」

「そうみたいだねぇ～♪　とっても苦しそうにパンパンになってるもんね～♪」

華蘭はチロッと舌なめずりすると股間を直視してきた。

「ね～え、抜いてほしい～？　タマタマにずっしり詰まってる赤ちゃんの種～、どぴゅどぴゅってしたい～？」

「…………う、うん……」

「ふふふ♪　えっち～♪　本当にやる気満々なんだから～♪　でもさ～、ここで抜け駆けでセックスまでしちゃうと～、さすがにおりっちに悪い気がするんだよね～」

ちょっと残念な気持ちもあるが、一理ある。

もしこんなかたちで初体験をしたら織愛は激怒する気がした。

「だから、今日は違うことしよっかぁ～。今までハルはアタシにぴゅっぴゅさせてもらってばかりでしょ～？　だから今日はアタシが気持ちよくしてもらいたいな～～♪」

「俺が華蘭ちゃんを気持ちよく？」

「うん～♪　ハルはそういうの苦手～？　アタシを感じさせるのってオチンチン寂しくっ

て辛いかなぁ～？」

「い、いや、やってみるよ！　初めてだから、うまくできるかわからないけど……」

和治は顔を華蘭の股間に近づける。

「わぁ～♪　嬉しい♪　あぁん♪　ハルの鼻息荒くって、くすぐったい～♪」

甘い香りが鼻孔をくすぐる。

蜜に吸い寄せられるように和治は華蘭のショーツに鼻先を埋めた。

そのまま本能に従ってクンクンと鼻を鳴らして嗅ぐ。

「やぁぁんっ♪　そんなに匂い嗅いじゃダメぇ～♪　恥ずかしいからぁ～♪」

「だ、だって、華蘭ちゃんのパンツで、俺、毎日のようにオナニーしてたしっ……」

「おお～♪　今でもちゃんとアタシのパンツ有効活用してたんだ～♪　女としてオナニーのオカズにされることほど嬉しいことはないねぇ～♪　よしよし～♪」

頭を撫でられながら股間に顔を押しつけられる。

さらに濃い匂いを吸うことになり興奮で頭がクラクラしそうだ。

「あぁん～♪　あたしも興奮してきた～♪　ねぇねぇハル～♪　舐めてぇ～♪」

「うんっ、舐めるよっ」

和治はショーツに向かって舌を伸ばした。

「んっ、あふっ、やぁぁんっ♪　くすぐったい～♪　ひうんっ、だめぇ～♪」

華蘭はビクビクと体を震わせながら嬌声を上げる。

(下着越しだけど微妙に甘酸っぱい味がするな……これが愛液ってやつか)

本能的にもっと味わいたくなって、和治はさらに顔を密着させ何度も舐めてみる。

「はあん♪　あ、あああん♪　ハルの舌、すごくあったかくてぇ気持ちいいよ～♪　ねえぇ、ハル、どう～？　アタシの味イヤじゃないぃ？」

「嫌じゃないよ。華蘭ちゃんの味、俺、好きだよ。れろれろっ、れろっ」

和治は応えながらさらにショーツを舐め回す。

「ひぃやあっ♪　ハルったら盛りのついたワンちゃんみたいっ♪」

「れろれろれろっ、れろれろれろれろ！」

「やぁん♪　焦っちゃダメぇ～♪　このパンツ履いて帰らなくちゃいけないんだし～♪」

華蘭はショーツのクロッチ部分を大きくずらし恥丘を露わにした。

(綺麗な縦筋だ)

毛がないことから、しっかりと手入れされていることがわかる。

「えへへ～♪　ちょっと恥ずかしいけど女の身だしなみってやつだね～♪　ふふ♪　ハルったらガン見状態だねぇ～？　舐めたい～？　アタシの一本筋オマンコ～？」

「う、うんっ。舐めたい、華蘭ちゃんの綺麗な一本筋オマンコ舐めたいっ！」

「綺麗って言われると嬉しいね～♪　それじゃあ、ハル～♪　お願い、アタシのエッチなオマンコ舐めてぇ～♪」

華蘭はこちらに向かって股間を突き出してくる。

「あぁっ、華蘭ちゃんっ！　れろれろれろっ！」

理性を保てなくなった和治はガッつくように割れ目にむしゃぶりついた。

「んっはぁぁんっ♪　ハルったら、そんなに夢中でペロペロしてぇ～♪　んふぅう♪　あぁあん♪　やっぱり直接舐められるのすごく気持ちいぃい～♪」

和治としても直接味わう愛液はとても美味だと感じていた。

「ねぇ、ハル～♪　アタシのオマンコおいしい～？」

「うんっ、俺、華蘭ちゃんの味大好きだっ！　れろっ、ぢゅるっ、ぢゅうっ！」

「くふぅうんっ♪　あはは～♪　ハルってけっこう変態さんかもねぇ～♪　アタシ、まだそこ洗ってないんだよぉ～？　おしっこの味もしてるでしょ～？」

だが、逆にその事実が和治の興奮を煽った。

さらに顔を強く押しつけて割れ目を舐めてしまう。

「おしっこって言われて興奮してるの～？　これはかなりの変態さんだねぇ～♪　今度、ハルにはおしっこを染みこませた生理用ナプキンのプレゼントしちゃおっかな～♪」

さすがにそこまでいくとちょっと躊躇《ちゅうちょ》してしまう。

「なーんてね～♪　今のは冗談だけど～、でも性的に貪欲なのは評価高いよ～♪　いろんなエッチをいっぱい楽しめるし～♪」

華蘭は頭を両手で抱えこんでくると、さらに押しつけてきた。

（ああ、華蘭ちゃんが悦んでいる！）

そう思うと不思議な充足感がある。

（やっぱり俺って人の役に立つことが好きなのかもな）

そんなことを思いつつ、今度は割れ目の上にあるピンク色の突起を舐めてみた。

「んひゃぁんっ♪　あぁん♪　こっちからお願いしなくてもクリトリス舐めてくれるなんてぇ～♪　さっすがハル～♪　前世もそうだったけど舐めるの上手ぅ～♪」

（なら、俺は……前世の俺を超えてみせる！）

前世の自分に対抗心を燃やした和治は口を大きく開いて恥丘に吸いついた。

「ぢゅずずずずずずっ！」

「ひあぁあああっ♪　ちょ、だめぇ～♪　ひぃい♪　それっ、やばっ、やばすぎだってぇえ～♪　ダメ、感じすぎてぇ～♪　はっあぁああ～♪　あぁぁああんんんっ♪」

華蘭は膨らむ快感にあわせるように股間を突き出していく。

それを迎え撃つように和治は舌を尖らせて割れ目に突っこんだ。

「やあぁああんっ♪　そこぉ　おしっこの穴ぁ♪　だめっ、だめぇ～♪　そこ敏感すぎてぇっ～♪　イクっ、イッちゃうぅう♪」

「んぢゅる、いいよ、華蘭ちゃん、イッて！　このまま俺の舌で！　ぢゅるるるるぅ！」

「ひいいいぃいい～♪　だめっ、だめだってぇ～♪　ハルっ、離れてっ　離れないとぉっ……ひゃうぅっ♪　出ちゃうぅ♪　おしっこ出ちゃうよぉおおお～♪」

その言葉を証明するように舌先に小刻みな痙攣《けいれん》を感じる。

（華蘭ちゃん本当におしっこ出そうなんだ）

理性的に考えればここで顔を引くところだが――今の和治は本能の塊だった。

「んぢゅるるうぅ！　ぢゅずるるるぅ！　ぢゅうぅーーーーーー！」

怯むどころか割れ目に激しく吸いついて猛攻を加える。

「あぁあああん～♪　ハルぅ、すごいすごいすごいよぉお～～～♪　もうだめぇええっ♪　イク♪　イクイク♪　イックうぅうううう～～～～～～っ♪」

激しく股間を突き上げながら華蘭は絶頂を迎えた。

それとともに尿道口から健康的な色の尿が噴き出す。

「んぢゅるるぅう、んぐっ、ごくっ、ごくんっ！」

口内に出された尿を和治は無我夢中で飲んでいく。

（俺ってこんなに変態だったんだな）

理性的に生きている反動なのか、一度本能全開になってしまうと制御できなくなってしまうようだった。

「ああんっ、嬉しい～っ♪　ハルったら、アタシのおしっこ飲んでくれるなんてぇ～♪　思いっきりクンニされるのって本当に気持ちよすぎぃ～♪　はぁっ♪　あはあぁぁ～♪」

華蘭は甘い嬌声を上げながら全身をガクガクと震わせる。

「んぐっ、ごくっ……華蘭ちゃんに喜んでもらえてよかったよ」

「ごめんねっ、ハルぅっ♪　おしっこ飲ませちゃって～♪　でも、本当に嬉しくて気持ちよくて幸せな気分だよぉ～♪」

そう言う間にも割れ目からは尿とは違うトロッとした液体が滲み出てきた。

「華蘭ちゃんをイカせられてよかったよ……んぢゅるっ、ごくっ……あぁっ、華蘭ちゃんの愛液も美味しいよっ！」

「ふふっ、もぉ～♪　ハルったら本当にとっても変態さんなんだねぇ～♪　もしかすると前世の頃よりも変態さんかもぉ～♪」

（よし！　前世の俺に勝った！）

和治は謎の充足感を覚えて心の中で快哉を叫んだ。

「ふふっ、それじゃあ～♪　次はアタシの番だねぇ～♪　おしっこを飲んでくれるぐらいアタシのことを愛してくれてるとってても変態さんなハルにスペシャルなおかえし～♪」

華蘭はこちらのズボンとトランクスを下ろすと、まずは勃起した肉棒にキスをする。

「うぁあっ」

「ちゅぅぅっ♪　ハルったら、アタシのおしっこと愛液飲んでこんなに我慢汁で亀頭ヌルヌルにしちゃってるんだねぇ～♪」

「だ、だって」

「そんな変態すぎるハルにはお仕置きが必要だねぇ～♪」

華蘭は再びバスタブに腰かける。

そして、両脚の指で亀頭と肉棒を絶妙の力加減で包みこんできた。

「か、華蘭ちゃん、これって」

「ふふふ～♪　これからするのはいわゆる足コキってやつだよ～♪　アタシの隠れた得意技～♪　ハルのオチンチン、アタシの両足の指でいっぱい気持ちよくしてあげる～♪」

そう言いながら華蘭は十本の足指を動かし始めた。

「わわっ、これ、くすぐったいっ……！　けど、き、気持ちいい……？」

「ど～お？　女の子の足の指って、とってもやわっこいでしょ～♪　ほらほら～♪　どんどん気持ちよくなっていいからねぇ～♪」

華蘭は足指をカリ首と根元に優しく食いこませながら上下にシェイクするようにしごき始めた。

「うあぁぁあっ！　まるで、電動オナホみたいで、すごく気持ちいいっ！　こんな感触初めてだっ！　あっあぁあっ」

「ふふふ♪　喜んでもらえてなにより～♪　ハルの我慢汁でヌルヌルだからすごい動かしやすいしアタシも楽しい～♪」

ますますシェイク運動は大胆になっていき、あらゆる方向から暴力的なまでの快楽が押し寄せてくる。

「ハルって、なかなかMっぽいところあるよねぇ～♪　そんな姿見せられると、こっちもスイッチ入っちゃうよねぇ～♪」

華蘭は舌なめずりすると、足指をさらにキツく食いこませる。

「ほぉーら♪　いっぱいいっぱい出しちゃおうねぇ～♪　こちょこちょ～♪　ぬっちゅぬちゅ～♪　ぬっちゅっ♪　ぬっちゅっ♪」

まるで獲物を狙うように肉棒を見ているが、声はどこまでも優しい。

そのギャップにゾクゾクしたものが走った。

「ううぅっうぅ！　華蘭ちゃん、すごいテクニックだ！」

「女として使える武器はなんでも使うのがあたしのモットーだからねぇ～♪　花魁ギャルたるものどんなプレイにも妥協はないのだ～♪　えいえいえい～♪」

今度は足指を食いこませるだけでなく優しく踏みつける動きも加わる。

肉竿や玉袋まで刺激されて、射精感がどんどん高まっていった。

「うあっ、あぁっ、あぁあぁっ」

「ふみふみ♪　ぐりぐり♪　ふみふみ〜♪　ぐりぐり〜♪」

「くぁあっ、華蘭ちゃん、すごいっ！」

童貞の和治としては多彩なテクニックに圧倒されるばかりだ。

「ふふふ〜♪　もっと褒めて褒めて〜♪　アタシは褒められて伸びるタイプだから〜♪」

「あぁあ、すごいすごすぎるよ、華蘭ちゃんっ、うぁあっ」

「よぉ〜し♪　それじゃイカせてあげるぞぉ〜〜♪」

再び両足の指を肉棒に食いこませる華蘭。

そして——、

「フィニッシュまでアタシの足でオチンチン抱っこしててあげるよぉ〜っ♪　変態さんなハルはこのままアタシの足コキで元気にピュッピュしてねぇ〜〜〜♪」

今度は残像が見えそうなほどの早さでしごかれてしまう！

「あぁあああああっ！」

「ほらほらほらぁ〜♪　変態オチンチンから元気にピュッピュしてぇ〜♪　はい、はーい、発射オーライ〜♪　発射どうぞ〜っ♪　早く♪　早くぅう〜♪」

甘い声と激しい攻めによって射精を促されてしまう。

足指で蹂躙《じゅうりん》される気持ちよさは言語に尽くしがたい。

（頭の中で火花が散る！）

そう錯覚するぐらい強烈だった。

「あぁあぁあ！　出るぅううっ！」

下半身に電流が走ったかと思うぐらいの勢いで快楽が突き抜けるとともに、和治は股間を突きだして射精を開始した。

「きゃあんっ♪　ふあぁあんっ♪　すごいよハルぅ〜っ♪　新鮮精液プリプリすぎて活きがすごーい♪　あはは〜♪　大量ぉ〜♪　ほらほら〜♪　もっともっとぉ〜♪」

「あぁあぁああ！　うっあぁあぁぁあ！」

射精中にしごかれて、さらに精液を噴き出させられてしまう。

もはや脳が焼きつくかと思うような快楽だった。

「えへへ〜♪　さすがにちょっと刺激強すぎたかもね〜♪　んじゃ、今日のところはこれくらいでやめておこっか〜♪　わ〜〜♪　足の指精液でベトベト〜♪」

「うっ……はぁ、はぁ、はぁ、はぁ……」

あまりの快楽に気を失いかけたが、どうにか持ちこたえて呼吸を整える。

（ほんと、大量に出たな……華蘭ちゃんの足の指、精液まみれだ）

「ふふふ、ほんと、すごかったねぇ〜♪　最初にハルに出会ったときはこんなに変態さんだとは思わなかったよ〜♪」

「はは……俺も自分がこんなに変態的になれるとは思わなかったよ」

自分でも驚きだった。しかし、悪い気分ではない。

理性を捨て去って本能のままに振る舞うことは、実に気持ちがよかった。

「すっかりアタシも理性捨ててハッスルしちゃったなぁ～♪　でも、これだけ精液を出しちゃったら今日はもう出ないかな～？」

「……ちょっと無理そうかな」

さすがに出しすぎた。

もう今日は一滴も出なさそうだ。

「それじゃ～、今日はもう休憩しよっかぁ～♪　ほら、体洗ってお風呂入ったらベッドで休も～♪」

「あ、ああ……」

ふらつく足で立ち上がり、和治は華蘭と体を洗いっこをして入浴したあとは時間いっぱい休むのであった――。

●　●　●

日曜日。和治は織愛と華蘭を集めて自室で生徒会の仕事をしていた。

（うちの慣れたパソコンのほうが使いやすしソフトもいろいろ入ってるしな）

学園の上層部を説得するために作成する書類なので、図形やグラフなどを駆使したほうが見栄えがいい。

「いやぁ、和治は本当に有能だよなぁ～！　おまえのおかげで学食の改革はうまくいきそうだぜ！」

できあがった書類を見て織愛は上機嫌だ。

「やっぱり仕事のできる男って格好いいよね～♪　でもでも～、このパソコンって真面目なことのためだけに使うんじゃないでしょ～？　ハルも年頃の男の子なんだからエロいの入ってたり～♪」

華蘭はマウスを手に取るとパソコンを操作し始める。

「あ、ちょっと、だめだって！　パソコンの中はプライバシーの塊だから！」

「なら、なおさらチェックしたくなるのが乙女心だよねぇ～♪　ほらほら、おりっちも気になるでしょ～？」

「む。そ、そうだな……。主君としては家臣のことを把握しておくべきだな！」

織愛までパソコンの前に加わってしまう。

（エロフォルダはあるけど、すぐには見つけられないはずだ！）

自信満々な和治だったが――。

「んーと、ここかな、ここかな～？　はい、見ーつけた～♪」

「なっ⁉　嘘だろっ⁉　げげっ！」

華蘭はいともたやすくエロフォルダを探しあてていた。

「華蘭ちゃんの女の勘は特別なのだ～♪　にひひ～っ♪　なにが出るかな、なにが出るかなぁ～♪　ではでは、御開帳～♪」

（うわぁあああ！　そこにはとても人には言えないマニアックな趣味の数々が！　俺の全性癖が！）

「おお～♪　これはなかなか刺激的だねぇ～♪」

「おお！　守備範囲が広いじゃねぇか。さすが光秀、いや、和治だぜ！」

女子ふたりにエロフォルダを見られるというのは、かなりの羞恥《しゅうち》プレイだった。

（ふたりとエロいことしてるといっても、これはこれでまた別の恥ずかしさがあるな……）

嫌な汗がダラダラと流れる。

しかし、まだふたりの自室チェックは終わらない。

「今度はグッズのほうをチェックチェック～♪」

「もしかしてオナホとかあったりすんのか？」

「わああ！　だから、ちょっと待ってって！」

しかし、好奇心旺盛な女子たちは止まらない。

「華蘭ちゃんの女の勘が机の一番下の引き出しが怪しいと告げている～♪」

「オレもここが怪しいと見たぜ！」

（なんで女子はエロいものを見つける能力に長けてるんだ！）

またしても和治は敗北した。

「おぉお～♪　オナホグッズ勢揃い～♪」

「うおっ！　すげえコレクションだな！」

今度はオナホをしっかりとチェックされることになってしまう。

「やっぱりハルはかなりの変態さんだねぇ～♪」

「いろいろなオナホを使いこなすとは……さすがだぜ！」

褒められても複雑な心境だ。

「でもでも～♪　実物がこんなに近くにあるのにねぇ～♪　えいっ♪」

華蘭は突然背後から織愛に抱きついて四つん這いにすると、スカートをめくり綿パン越しにお尻を撫で始めた。

「なっ!?　おい、いきなりなにしやがるっ！　ひいっ！　ふあぁあああ……♪　やめろっ、オレたち女同士なんだぞっ……！」

「おぉ～♪　ちゃんと自分を女として意識してるんだねぇ～♪　でも、やっぱおりっちは前世の経験もあってか　お尻が敏感なんだねー♪　さっすが両刀使い～♪」

目の前で突如として繰り広げられる百合色の光景に、和治はドギマギしてしまう。

（これはこれでいいもんだな……）

　これまで百合にはあまり興味はなかったが、実際に見てみるといいものだった。

「ねーねー、ハル～？　お尻が感じる女の子ってウルトラレアだと思うよ～♪　オナホ使うんだったら、おりっちの後ろの穴使えば～？」

「てめぇ、なんてことを言いやがる!?　オレの尻穴をオナホ扱いするんじゃねぇ！」

「でも～、おりっちも満更じゃないんじゃない～？　ほらぁ、こうやって触るとすごいビクビクしてるし～？」

　言いながら華蘭はいやらしい手つきで織愛の尻肉を揉みしだく。

「や、やめろっ！　んくふぅ♪　オレの尻をもてあそぶんじゃねぇっ♪」

「とはいっても、もっとしてほしがってるんじゃ～？　モミモミ～♪」

「こ、このぉっ♪　いい加減にしやがれぇえっ♪」

　しかし、明らかに織愛は感じていた。

（……さすがに止めたほうがいいのかな？　でも、もっと見ていたい気もする……）

　そんなこちらの表情を見て華蘭は意味ありげにニヤッと笑った。

「そうだ〜、アタシそろそろバイトの時間だった〜♪　先に帰らせてもらうね〜？　それじゃ、ハル、おりっちまたね〜♪　たっぷり楽しんでね〜♪」

「えっ、華蘭ちゃん？」

「お、おいっ⁉」

　戸惑う和治たちを残して華蘭は部屋から出ていってしまった。

「ったく、あいつの行動は予測不能だぜ……たっぷり楽しむって、なにをしろってんだ」

「あ、ああ、うん……なんだろうね」

　とはいっても、やることと言えば決まっている。

　両親は出かけているので、今、部屋にはふたりっきりなのだ。

　しかも、いい感じに下ごしらえ（？）もされてしまっている。

「……な、なぁ」

　しばしの沈黙のあと、織愛が口を開いた。

「な、なに？」

和治は緊張気味に応える。

「あ、ああ、その……おまえ、本当にオレの尻に興味はねぇか？」

四つん這いのまま訊ねられた。

（すごい質問だな……）

女子からそういうことを訊かれる日がくるとは思いもしなかった。

「前世じゃ、というか、戦国時代じゃ衆道は珍しくもなかったからな。両刀使いは割といたんだよ。だから、確かにオレは尻が感じやすい」

「そ、そうなんだ……ま、まぁ、俺も歴史は好きだから知ってるけど……」

「だ、だから、華蘭のやつに揉まれてスイッチが入っちまった！　このままじゃ、おかしくなりそうだっ！　だから、頼むっ！　オレの尻を使ってくれ！」

どうやら発情スイッチが完全にオンになってしまったらしい。

「尻だけで興奮しねぇなら、ほらっ、これも見せてやるからっ！」

織愛は乳房を露出してきた。

それでもやはり尻を触わってほしいのか、こちらに突き出してくる。すでに綿パンの股間部分はぐっしょり濡れていた
「オマエかわいいパンツ好きなんだろ？　だからオレ、あれからできるだけかわいいのを買い集めてたんだ！　この間なんて、すごく恥ずかしかったけどよっ、子ども向けアニメ

のパンツを買ったんだぞ⁉　ほら、よく見ろ！」

言われて見てみると、確かに対象年齢低めのキャラがプリントされていた。

（あの男勝りの織愛が俺のためにこんな恥ずかしいパンツを履いてくれるなんて！）

男としてはこんなに嬉しいことはない。

「すごい似合ってるよっ！」

そう絶賛するのもどうかと思うが、このギャップはたまらなかった。

「そ、そうかっ！　恥ずかしさを耐えて買ってよかったぜ！　しかし、おまえってマジで変態だなっ？　こんなパンツで興奮してるなんてよ？」

「い、いや、パンツに興奮してるというよりも、こういうパンツを履いて恥ずかしがっている織愛に興奮してるというか」

「おまえ、やっぱり、いい趣味してやがるぜ……！　しかし、誇り高き信長であったオレにとって、これ以上の羞恥プレイはねぇ……うぅ……本当に恥ずかしすぎるぜっ……」

言いながら織愛は尻をプルプルさせる。

そんな姿を見ているうちに、和治の肉棒は勃起してきてしまった。

「織愛……俺も、こんなになっちゃったよ」

和治はズボンを脱ぎ捨ててテントを張っているトランクスを見せつけた。

「おぉっ！　そんなにチンポをデカくさせやがって！　恥ずかしい思いをしたかいがある

ってもんだぜ！　ほら、せっかくだから楽しもうぜ！」

織愛は笑みを浮かべると、綿パンを下ろして秘所を露出させ愛液で濡れ光る割れ目を見せつけてきた。

「すっかりヌルヌルになっちまった。ほら、指で触ってみろよ」

「う、うんっ……」

蜜に吸い寄せられるように和治は近づき、指を軽く触れさせる。

それだけなのにヌチュッ♪　という水音が響いて指先に熱い汁が付着した。

「あぁぁっ♪　な、なぁ……指入れてくれねぇか？」

「指を？」

「ああ。両方の穴で自慰してっから大丈夫だぜ？　まぁ、処女膜は破らねぇようにしながらだけどよ」

「で、でも……」

「頼む、もうどっちでもいいから穴を塞いでもらわねぇとダメなんだっ！」

切羽詰まった様子で言われて、和治も覚悟を決めた。

「わ、わかった。それじゃ……」

和治はおそるおそる指を伸ばし――人差し指を割れ目の真ん中へゆっくりと挿入していった。

「あぁぁ♪　あぅうっ♪　和治の指が入ってきやがるっ♪」

「織愛の中すごいキツくて熱いよっ」

しかも、締めつけるように収縮してくる。

(この位置だとアナルの動きもよく見えるな……)

連動するように尻穴も収縮していた。

「ひぐううっ♪　はああ♪　も、もっと、続けてくれっ……生殺しは勘弁だぜっ♪」

「う、うんっ……それじゃ」

奥まで入れないように気をつけながら慎重に指を出し入れしていく。

「くぅう♪　い、いいぞっ♪　はぁ、あぁっ……♪　せつないのが、だいぶマシになってきたぜっ……ちょっと尻穴のほうが寂しいがよぉ……♪」

その言葉どおり尻穴は物ほしげにヒクついている。

(というか、ふたつの穴をこんな間近で見てたら入れたくなってきちゃうじゃないか！)

しかし、この流れで処女童貞同時喪失セックスをするのはどうかと思う。

ならば——答えはひとつ。

「ね、ねぇ……織愛の尻穴に入れてみていいかな？」

「おっ、ついにオレの尻穴に興味持ってくれたのか？　いいぜ♪　どんとこいだ♪　でも、ちゃんとほぐさねぇと入らねぇんだよなぁ……」

「じゃ、じゃあ……ちょっと待ってて」

和治は愛撫を中断して、机の引き出しを開けた。

そして、ローションの入ったボトルを取り出した。

「んっ？ なんだその透明なボトルは？」

「チンポを入れやすいようにヌルヌルにするローションさ。これ使えばいいだろ？」

「おぉっ！ さすが用意周到な光秀、いや、和治だ。抜け目がねぇ！」

和治は肉棒全体にたっぷりとローションを塗りつけ、さらに織愛の尻穴にも垂らした。

「うぁあっ、ちょっと冷てぇなっ……なんか変な感じだっ」

「まあ、それは俺も同じだからっ……それじゃ、硬さを保ってるうちに……いくぞっ」

「おうっ……！ い、いいぞっ、いつでもきやがれっ……！」

織愛は両手足を突っ張って、こちらが挿入しやすいような体勢をとってくれた。

（いよいよ挿入だ！）

和治は意を決して亀頭を尻穴にめりこませていく。

「ひゃううぅんっ!? あふっ！ ふぁあっ！」

「くうっ……き、キツい！」

ローションを塗っているにもかかわらず、外に押し出されそうだった。

（やっぱりオナホとは次元が違う！）

予想以上の抵抗感だった。

「ぐぅう！　もっとぉ……！　もっとだぁ……！　もっとこいぃ♪　そのまま奥まで突っこめぇええ♪」

苦しさと快楽が混じったような声で促される。

尻穴も催促するようにキュクキュクと亀頭を甘噛みしていた。

(これに応えてこそ男だよな！)

和治は両手で織愛の尻肉を掴むと亀頭をしっかりと尻穴にハメこむ。

そして、力強く腰を入れて肉棒を侵入させていった。

「おおおぉおおお！　は、入るっ！　入ってきやがるぅうっ♪　はう、ふぁあっ！　あぁあああああっ♪」

強烈な抵抗感を覚えたが途中からはスムーズに肉竿が呑みこまれていった。

(ああ！　ついに入った！　俺のチンポがついに女体の中に！)

これまでよりも一線を越えた性行為に興奮と感動が渦巻いた。

「あぁあ♪　ここにチンポが入るのは前世以来だぜっ♪」

そして、織愛も感動したようにつぶやき、全身を震わせる。

「くぅう！　すごく熱くて締めつけてきてっ……これ、かなりいいっ……うあぁ……！」

これまでアナルセックスにそこまで興味はなかったが、味わってみて初めてわかることがある。

(これはすごい……！)

戦国時代に衆道が流行った理由がちょっとわかってしまう気がする。

(でも、今の織愛は織田信長じゃなくて女だから……！)

倒錯的な気分になりながらも和治はしっかりと織愛の腰を掴み、ゆっくりと肉棒を抽挿していく。

「おぉお♪　い、いいぞっ♪　そうだ、その調子だ♪　最初はゆっくりと、全体をほぐすようにっ♪　くぅう♪　そんなに我慢汁漏らされたら、勝手に尻が動いちまうっ♪」

やはりアナルが性感帯なのだろう。

早くも嬌声を漏らしている。

(俺のチンポで織愛が気持ちよがってるなんて！)

これまでに覚えたことのない充足感だ。

もっと織愛に声を出させるべく、和治は徐々に腰の動きを速めていく。

「はうぅ、おぉおっ♪　あああぁあ……♪」

ピストンのたびにアナルがほぐれていくのがわかる。

(俺を受け入れてくれてるんだ！)

そう思うと自然とピストンスピードがアップしていってしまう。

「おぉお♪　あぁあっ♪　はぁあっ♪　おぉおう♪　い、いいぞ、和治ぅ♪　おまえのチンポに尻穴犯してもらえて嬉しいぜぇっ♪　はおおっ♪　くおぉおう♪」

「俺も織愛とアナルセックスできて嬉しいよっ！　ああっ、締まるっ！」

「おぉお♪　和治ぅっ♪　おまえは最高だぜぇっ♪　頭もチンポも優秀だぁあっ♪」

織愛は自らも腰を使ってバックピストンを開始してきた。

「うぉあっ⁉　織愛っ！」

「へへへ♪　やられっぱなしじゃ終わらないぜぇ♪　んくぅう！　おぉおううっ♪」

アナルに肉棒を飲みこまれ、逆にしごかれる。

すさまじい摩擦と快楽によって脳内で火花が散った。

(すごい、こんなに気持ちいいことが世の中にあるのか！)

オナホで満足していた自分は井の中の蛙だったと思い知らされた。

(やっぱり実際に経験してみないとわからないことだらけだな！)

「織愛、こっちも負けないぞっ！」

和治は再び主導権を握るべく腰を叩きつけていく。

「あひぃっ♪　おぉおお♪　やるじゃねぇか、和治ぅ♪　あぁああ♪　くぅう♪　このままじゃ、オレっ……い、イッちまうっ♪　尻穴でイカされるぅ♪」

「イッて、織愛！　俺のチンポでっ！　イクんだ！」

押し寄せる快楽に真っ向から挑み、ひたすらにピストンをしていく。

「おぉおああ♪　ケツでイクぅっ♪　あひっ、ひいっ、ああんっ♪　犯されてるっ、オレのアナル和治に犯されてるぜ♪　ケツの奥まで届いてるぅう♪」

「ほら、織愛。もっとかわいらしい声で喘いでよっ！　衆道じゃないんだからさ！」

「あぁあ、そ、そんなの恥ずかしい、だろぉっ……！　ひぃい！」

「でも、聞きたいんだ、織愛のかわいい喘ぎ声！　ほらほらっ！　聞かせてっ！」

和治は催促しながら肉棒を浅く速く抽挿する。

「ひぃい♪　それ、気持ちいぃ♪　きゃふぅう♪　らめっ、らめらぁ♪　はぁあん♪　あぁあああ♪　そんなチンポでこすられたらぁああ♪　ひぃい♪　ひぁあああん♪」

途中から女らしい甘い喘ぎへと変化していた。

「いい声じゃないか！　ほらほら俺のチンポでイッて！　女としてアナルでイクんだ！」

「ひうんっ、ふあっ、あ、ああんっ、はあんっ♪　ケツ、ケツマンコでぇ、イク！　オレ、初めて女としてケツ穴でイクぅううう♪」

「ああ、俺もイク！　初めてのアナルセックスで中出しする！」

宣言しながら和治はピストンを加速させていく。

「ひあぁあ♪　いいぜ、出してくれっ、和治ぅ♪　オレのアナルマンコにぃっ♪　オマエの白い精液全部今すぐドビュドビュって出してくれぇえええ♪　あああああぁ♪」

絶叫にあわせてギャグギュグとアナルが激しく収縮し、精液を搾りとろうとしてきた。

織愛にとって今世では初めてのアナルセックスでも、前世の記憶が肛門に淫らな動きをさせているのかもしれない。

「あぁあ！　織愛！　出すよ！　アナルの一番奥で出すっ！　うあああああ！」

「ひぃいいいい♪　イクイク♪　イクぅううっ！　あぁああぁあああああーーーっ♪」

激しい快楽の奔流が全身を駆け巡るとともに、和治は精液を放った。

「うああ！　あああ！　あっあああ！」

制御不可能になった肉棒から次々と砲弾のような勢いで精液が飛び出していく。

「ひぃいいいいいい♪　入ってくるぜぇ♪　熱い精液の塊ぃいい♪　次々とオレの直腸にいいい♪　すげぇ大量だぁああああああ♪　イッたのにイックぅううーーーーー♪」

これまでで最も強烈に肛門が締まり一気に肉棒が搾られる。

「あぐっ！　うっうあああああ！」

発射し終わったと思ったのにさらに精液を吐き出させられてしまう。

(これが名器ってやつか……！)

茶器を愛好していた信長だが、織愛は立派なアナル名器の持ち主だった。

「うああ、まだ吸いついてくるっ！」

「おまえのチンポもまだオレに向かってビュクビュク精液放ってやがるぜ♪　まったく、すげぇ腰使いしやがって♪　壊れるかと思ったじゃねぇかっ♪　現世じゃ初めてのアナルセックスだったんだぞ？」

「ご、ごめんっ……でも、織愛のアナル気持ちよすぎてっ……」

ようやく完全に射精が終わった。

和治は肉棒をゆっくりと引き抜いていく。

だが、まだ半勃起状態の亀頭が引っかかった。

「それじゃ、引き抜くよ？」

「お、おうっ……」

腰を引くと亀頭が思いっきり肛門をめくり上げてから、抜け出た。

「あひぃっ♪　やっぁぁん♪　おしっこ出るぅっ♪　らめ、なのにぃっ！　ひぃぃ♪　ら、らめだっ、ごめんっ、おしっこ出るぅうっ……♪」

――シャアアアアア！

謝罪しながらも織愛は放尿をしてしまう。

「はは、そんなに気持ちよかったのか？」

「す、すまん……！　ま、マジでオレ、なんてことをっ……こんな部屋の中でションベン、出しちうなんてぇ……ひぐっ、うう……もうこれ切腹もんだっ……」

恥ずかしさのあまり織愛は涙まで流し始める。

「気にしなくていいよ。この体じゃ初めてのアナルセックスだったんだから」

「……あ、ああ……男の体でのアナルセックスと女の体でのアナルセックスってかなり違くて驚いたぜ……気持ちよさが全然違う……」

「俺もアナルセックスの気持ちよさには驚いたよ。経験してみないとわからないものだな」

これで新たな性癖が開拓されてしまいそうだ。

「……そうだな。オレも前世で最初にやったときはその気持ちよさには驚いたぜ。でも、本当にすまん。ションベン漏らしちまうなんて……オレは、大うつけ者だぜ……」

「大丈夫だって。俺、変態だから」

安心させるために言ったものの、自分自身でもそうかもしれないと思う。

（……ふたりに会ってから、どんどん内に秘めた変態性が開花していってる気がするんだよな……）

しかし、本能のままに己を解放することはとても気持ちがいいことだった。

第四章　心と体を重ねて　～それぞれの初体験～

（……俺は、いったい、どちらのことが本当に好きなんだろうなぁ……）

あれからもふたりとの関係は進展していた。

しかし、最後の一線――本番だけはしてこなかった。

（……戦国大名とか江戸時代の大名とかなら正室のほかに側室を持つのも可能だろうけど、現代の世の中じゃなぁ……）

常識的に考えれば、どちらかひとりを選ぶべきだろう。

だが、前世からのことを考えると、安易に結論を出すことはできない。

（でも、やっぱり、とてもひとりには絞れない）

自室でスピンバイクを漕ぎなら考え続けたものの答えは出なかった。

そこで、織愛からメールがきた。

（えっと……次の休日に家に来てほしい？　その日は家族は出かけていていない？）

こんなメールをもらったら、その先どうなるかは容易に想像がつく。

（……もしかすると家に行ったら一線を越えてしまうかも……？　でも、せっかくの織愛の誘いを断るのは……）

織愛の悲しむ顔は見たくない。

そう思うと、その誘いに乗るほかなかった。


織愛の家は予想どおり豪邸だった。

（やはり現代でも名家なんだな……）

そのことに納得しつつも、案内されるままに織愛の部屋にやってきた。

「和治。よく来てくれたな！　待っている間、前世も含めていろいろなことを思い出しちまったぜ。本能寺に泊まっているときに、まさかおまえに襲撃されるとは思わなかったしなぁ……」

織愛は過去に思いを馳せて遠い目をしていた。

（いまだに俺には明智光秀の記憶はまったく戻ってないけど……でも）

「安心してよ。俺は現世で織愛を裏切るようなことはしない」

「そ、そうか！」

不安げだった表情がぱあっと明るくなる。

そして、意を決したように口を開いた。

「ならさ……オレのこと、抱いてくれるか？」

瞳を潤ませながら真っ直ぐにこちらを見つめてくる。

「オレはおまえのことが好きだっ！　華蘭のやつには女らしさで負けるかもしれねぇが、おまえを思う気持ちは負けねぇつもりだ！　だから、オレの処女をもらってくれ！」

ここで保留するという選択もある。

（というか明確にどちらが好きかわからないのに、その思いに応えるのは不誠実かもしれない）

だが――今にも泣きそうな表情で懇願してくる織愛を見て断ることなどできなかった。

（もう織愛を裏切るわけにはいかない）

たとえ明智光秀の記憶がなくても。

和治は織愛の決意を受け入れる覚悟を決めた。

「わかったよ、織愛。俺でよければ織愛の処女をいただくよ」

「本当か⁉　やったぜっ！　それじゃ、さっそく始めようぜ！」

織愛は服をはだけさせると、すでに準備が整えられていたベッドに上がった。

「ほら、おまえの好きな綿パンも履いてっからよ♪　それじゃ、まずはお互いの舌で盛り上がろうぜ！」

「う、うん」

和治もベッドに上がると、織愛は笑みを浮かべてズボンを脱がしてきた。

「オレもいろいろと調べたんだぜ！　まずはシックスナインってやつをやろうぜ！」

「わかった」

和治が下になり、その上に織愛が乗っかり顔を股間に押しつけてくる。

すでに綿パンのクロッチ部分からは甘い匂いが漂っていた。

(俺に対してこんなに発情してくれてるんだな)

そう思うと愛おしさで股間に顔を押しつけてしまう。

「ひゃうっ♪　おい、いきなり鼻をこすりつけるんじゃねぇっ♪　そんなに綿パンが好きなのかよ？」

「綿パンも好きだけど、俺のために綿パンを履いてくれる織愛の乙女心も好きかな」

「ったく、おまえのせいで、すっかりオレも女らしくなってきちまったぜっ」

照れたように言うと、織愛は誤魔化すようにトランクスから肉棒を取り出した。

「和治のチンポいつ見てもデケェなぁ～！　へへへっ♪　これが今日オレのマンコの中に入るかと思うと武者震いしてきちまうぜ♪」

「ああ、いいよ、織愛」

そのまま軽く手でしごいてくる。

「ふふ、手よりも口のほうがいいだろ？　しっかり舐めてやるぜ♪　れろ、れろっ♪　れろれろっ♪　ぢゅる♪　ちゅるぅ♪　ちゅう♪　くちゅぷっ♪」

織愛は舌先で亀頭を舐めると、ねっとりと咥えこんできた。

（ああっ、織愛の口の中あったかい。それに、舌も柔らかくてとろけるようだ！）

「へへっ♪　時間はたっぷりあるからよ♪　まずはオレの舌技でイカせてやるぜ♪　ぢゅぷっ、ぢゅぽ♪　ぢゅぶぅ♪」

顔を大胆に上下させて口腔全体で肉棒をしごかれてしまう。

「ああ、織愛っ、いいっ……！」

「ぢゅる♪　ぢゅぽっ♪　オレの唾液たっぷりフェラ気に入ったようだな♪　いつでも出していいぜ♪　おまえのザーメンは残らずゴクゴク飲んでやるぜ♪　ぢゅっぷぅ♪」

喉奥深く咥えこむディープスロートフェラによって、肉棒が蹂躙《じゅうりん》されていく。

「あ、ああ、織愛っ！　そんな奥までっ……！　うあっあぁっ！」

「んぐるちゅっ♪　へへっ、咥える深さがオレの愛の深さだぜっ♪　ぢゅくるるる♪　んぐぢゅぶるるるっ♪」

奥深くまで舐めしゃぶられるたびに、愛おしさが増していく。

「こ、こっちも舐めるよっ。織愛のグチョグチョになっているオマンコ」

和治は織愛のお尻に手を回すと自らの口に押しつけた。

そして、唇を割れ目に密着させて舌を入れていく。

「ひうあぁっ♪　ああっ、ひうぅ♪　和治の舌が入ってきやがるぜぇ♪」

「んんっ、んるっ！　れろっ！」

これまでのお返しとばかりに和治は舌を尖らせて抽挿していく。

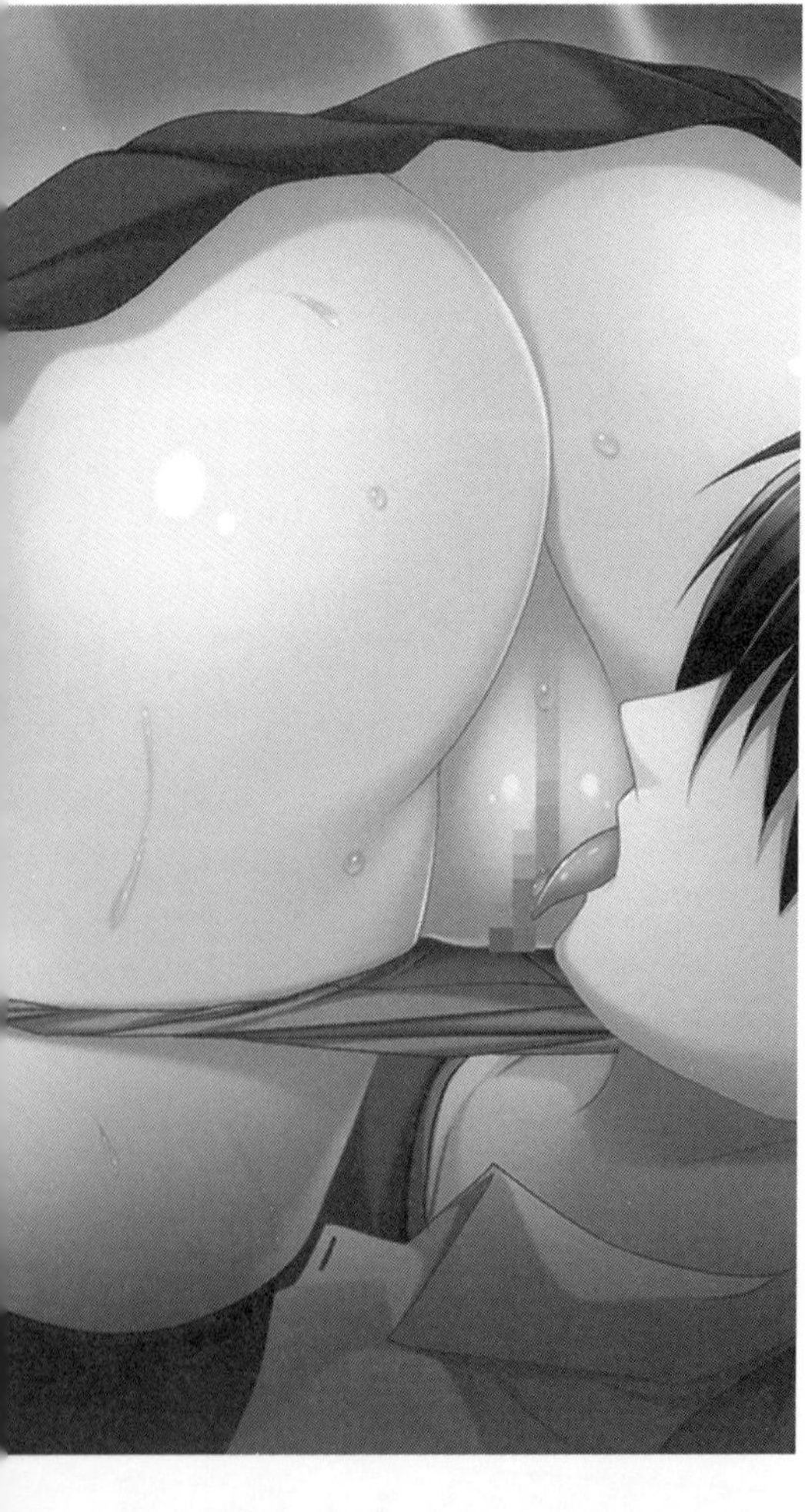

「ひぃいい♪　なかなかの舌技じゃねぇか♪　さすがだぜっ♪　んっふあああぁ♪」

（いいもんだな。ふたり同時に気持ちよくなるのって）

一緒に快楽を高めあう状況に充足感を覚える。

「くふっ、あっはあっ♪　すげぇ幸せな気分だ♪　このシックスナインっていうのは最高だなっ♪　ぢゅうう♪　ぢゅぷっ♪　ぢゅりゅうぅう♪」

喘ぐたびに唾液も増え、もはや口内で肉棒がとろけてしまっているかのようだ。

そして、割れ目から溢れる愛液もどんどん増えていて和治の口内に流れこんでくる。

（お互いから出た液体を摂取しあうって、すごいエロいな……）

興奮で体が熱くなってくる。

「ったく、すごい我慢汁が出てきやがる♪　我慢なんてしなくていいのによぉ♪　ほら、和治、いつでも発射していいからな？　んぐぢゅぶ♪　ぢゅぶるるる♪」

「織愛も、いつでもイッていいからっ。れろれろれろ！」

ふたり競うように舌を使い、先にお互いをイカせようとする。

もう理性なんてない。

（もはや本能と本能のぶつかりあいだな！）

オナニーだったらとっくに果てていたが、和治は極限までこらえる。

（こうなったら先に織愛をイカせるっ）

和治はキツツキのように顔を小刻みに動かして舌ピストンをする。

「んぅううう♪　和治ぅううう♪　それ反則だぜぇえええ♪　ぐじゅぶ、んっ♪　だが、オレだってこのままでは終わらねぇえ♪　むぐう♪　ぢゅぐずず♪　ぢゅずるううう♪」

織愛は唾液と我慢汁ごと吸うようなバキュームフェラをしてきた。

思わぬ反撃によって、逆に和治が追いこまれていく。

（くうう！　さすが織愛！　だが、負けてられるか！）

いつ暴発してもおかしくない状況の中で、和治も必死に舌を抽挿し続けた。

「んぐう♪　んひゃうぅう♪　和治っ、イケッ、イケぇっ！」

「織愛こそっ！　んれろれろれろぉ！」

無我夢中でクンニとフェラの応酬を繰り広げるが――ついに終わりのときが訪れた。

（あぁあああっ！　うっはあぁぁああ！　で、出るぅううう――――――――――っ！）

「んぐじゅぶうぅ♪　イクぅうっ♪　んぐぅう――――――――――――――――っ♪」

最後まで膣内に舌を突き入れたまま和治は射精した。

同時に織愛も絶頂して潮を噴き出した。

（本能のままに求めあうことって本当に気持ちいいな！）

オナホを使って射精したときはすぐに賢者モードになってしまうが、今はまったくそんな虚無感はない。ただ充足感だけがある。

「んぐううう♪　んぐっ、ごくっ♪　ごくんっ♪　ふうう♪　おまえの精液すごく濃くてうめぇぜ♪」

「織愛の潮もうまいよ」

お互いの体液を飲んだことで、より深い絆が結ばれた気がした。

「ふぅ……ちょっとハッスルしすぎちまったかな……ヘロヘロだぜ」

「俺も……ちょっと精液出しすぎたかも……」

心地よい疲労感を覚える。

「……すまねぇ、和治……本番はまた後日でいいかな？　今日はひたすらおまえとイチャイチャしたいぜ」

「うん、俺も……まだまだ織愛とイチャイチャしたいかな。それにちょっと精液出しすぎちゃって勃起しにくいかも……」

「ああ、じゃ、まずはシャワーを浴びるか。オレの潮を盛大に浴びせちまったしな」

和治は織愛とともにシャワーを浴びると部屋に戻ってきた。

「ほら、和治。今度はオレのおっぱい吸ってくれよ♪　愛を育もうぜ♪」

「う、うん。ちゅぱっ、ちゅうっ」

「あふっ、んんっ……♪　前世じゃ胸なんて膨らんでなかったからなぁ。こんなに乳首が感じるなんて思いもしなかったぜ♪」

満ち足りた表情を浮かべる織愛を見て、こんなふうにイチャイチャしながら過ごす日もいいと思えた。

（……織愛の前世は激動だったしな。こうして、ゆっくりと過ごすことも大事だよな……）

本番前のひと休みとなったが、充実した一日を過ごすことができた和治であった。

●　●　●

次の日曜日。和治は織愛から連絡を受けて駅前にやってきた。

（……今日のためにいろいろと準備を整えたって話だけど……いったい、なにを用意したんだろ？）

「おお、和治、待たせたな！　この間からお預け食らわせちまって悪かったな！　でも、おまえのために最高の初体験にしたかったからな！」

織愛は紙袋を手にしていた。

（中になにが入ってるんだ？）

こちらの視線に気がついた織愛はニッと笑う。

「これはラブホについてからのお楽しみだぜ！　あと、ほら、お茶買ったからよ♪　まずは飲んでくれ！」

「えっ？　お茶」

「ああ、ペットボトルの緑茶だ！　グイッと飲んでくれ！」

意味がわからないが、差し出されたペットボトルを受け取って和治は飲んでいった。

（なんだかよくわからないけど、従うしかないか……）

和治も、自分なりに今日を迎えるにあたっていろいろとシミュレーションはしていた。

（でも、織愛の思考と行動はいつだって予想外だからな……）

いったい、今日がどういう日になるのか。

なぜいきなりペットボトルのお茶を飲ませられるのか。

少し不安はあるが、やはり期待のほうが大きい。

（……俺も、いよいよ童貞喪失か……）

「よし、飲み終わったようだな！　それじゃ、行こうぜ！　和治！」

和治は緑茶を飲み干すと、織愛と手を繋いでラブホへ向かった。


「ああ、いよいよだぜ！　武者震いがしてきやがった！」

ラブホの部屋に入った織愛は実際に震えていた。

「織愛、緊張してるの？」

「いや、これは武者震いだ！」

断言する。

「で、その紙袋だけど……」

「ああ、これは今日を大いに盛り上げるためのグッズの数々だ！　ネットの検索ワードを分析したところ多くの国で男が望んでいるプレイは赤ちゃんプレイっていうデータがあってな！　というわけで用意周到な準備をしたわけさ！　コイツをとくと御覧じろ！」

織愛は紙袋に手を突っこんでベッドの上に哺乳瓶、紙おむつ、ガラガラ、アップリケエプロンなどを並べていった。

（斜め上すぎる⁉）

これは予想を遥かに越えていた。

というか、予想すらしなかった。

「おまえの性癖ってわりと特殊だろ？　なら、こういうのも喜んでもらえるかって思ってな！　授乳されながら紙おむつに放尿するとこの上ない興奮と解放感が得られるらしいから体験させてやりたくてよ♪　それから本番をしようぜっ！」

サービス精神旺盛なのはいいが、あまりにもぶっ飛んでいた。

（さすが前世が織田信長。予想を遥かに超えている）

しかし、あまりにもハードルが高すぎる。

ただでさえこれから処女童貞喪失セックスをするのだ。

（初体験でこんなに特殊すぎるプレイをするって……上手くいくのか？）

和治は緊張のあまり震えてきた。

さすがに、ちょっと度を越しすぎじゃないだろうか。

「おい、なにぼんやりしてんだよ⁉　もっと嬉しそうにチンポおっ立ててハァハァしろっての！　おまえも男だろ⁉　よちよち、黄色いおちっこ、しーしーちまちょうね～♪　とか言われたら嬉しいだろ、なぁ⁉」

織愛は不機嫌になり怒声を発する。

（横暴だ……）

ある程度経験を積めばそういうことに対して興奮するかもしれないが、今回は初体験なのだ。

「ほら、男は度胸だぜ！　自分に素直になって本能を解放しろ！　オレはおまえがどんな醜態を晒そうとも受け入れるぜ！」

やはり自分よりもよほど男前だと思う和治である。

（……確かに織愛が俺のことを思っていろいろと用意してくれたのは嬉しいし……ここは俺も覚悟を決めるべきかな……）

これまでの人生で最も高難易度の羞恥《しゅうち》プレイになることは間違いない。

しかし、ここで織愛の思いを無下にしたら男が廃る。

「……わかった。俺、覚悟を決めるよ。織愛の前では素直になる。本能のままにな自分をさらけ出すよ」

ここからはいろいろな意味で戻れない世界になる。

（でも、俺は織愛のためにもこの初体験を成功させる！）

和治は意を決して、ベッドの上の紙おむつを自ら手にとった。

「覚悟を決めたか。さすがだぜ、和治。それじゃ、始めるか」

「ああ、お願いするよ、織愛………いや、そのっ……ま、ママっ……」

自らの覚悟を示すために和治は織愛のことを『ママ』と呼んだ。

「――っ⁉　和治にそんなこと言われたら、お、オレっ……！」

織愛は感極まったように息を呑んだ。

そして、ニコッと笑みを浮かべる。

「よ、よぉしっ♪　ママにぜ～んぶ任せるんだぞぉ♪　かずちゃんっ♪」

織愛はいつもとは違う母性溢れる声になり、こちらの服をかいがいしく脱がせ、おむつをつけ始めた。

（このスムーズな手際。練習してきたんだろうな……）

斜め上の展開ではあるが、自分のために努力をしてくれたことは素直に嬉しい。

それに応えるべく、和治は全力でこのプレイを楽しもうと思った。

「ほぉ～ら♪　ちゃんとおむつつけられましたよ～♪　それじゃあ～、ママもお着替えしますね～♪」

織愛は紙袋から保育士っぽい服を取り出して、着替えていった。

（わざわざこういう服まで用意してくれたんだ）

かなり本格的だ。

和治はおむつ姿のまま織愛が着替え終わるのを待った。

「は～い♪　お待たせ～♪　かずちゃん、いい子にして待っててエライでちゅね～♪」

赤ちゃん言葉を駆使しながら、織愛はこちらの頭を優しく撫でてくれる。

さらには安心させるように胸を頬に押しつけてきた。

（これは、なかなか……）

和治は全身を脱力させて、おっぱいを堪能する。

「あはっ♪　いつも格好いい和治がこんな顔しちゃうなんてよぉっ♪　本当にママに甘えてくれてるんだなっ♪」

織愛はいつもの口調に戻って満足そうな笑顔を見せる。

「このままおねんねしちゃってもいいんだぞっ♪　よしよし、いいこいいこ……♪」

織愛はガラガラを取り出すと、こちらに振ってあやし始めた。

（ちょっとこれ、やりすぎだろ……）

そう思うものの、むしろ本能は揺さぶられてしまう。

「おっ、どうした？　股間が反応してきたぞ？」

「だ、だって……」

「ふふふ～♪　やっぱりかずちゃんはド変態なんでちゅね～♪　こんなふうにあやされて勃起しちゃうなんて～♪　でも、そんなかずちゃんのことママは大好きでちゅよ～♪」

　こちらを安心させるように再び織愛は乳房を押しつけてくる。

　それだけで、なにもかもを任せてしまいたくなるから不思議だ。

（やっぱり理屈じゃないよな）

　和治は自ら顔を動かして乳房に頬をこすりつけて甘えた。

「さて、そろそろミルクの時間でちゅかねぇ～？　お腹空きまちたかぁ～？」

「……ばぶ、ばぶぅ～」

和治は羞恥に震えながらも、赤ちゃん言葉で応える。

「ふふふ♪　そうでちゅか～、お腹空きまちたかぁ～♪　それじゃ、ママがおっぱい出してあげまちゅからねぇ～？　んしょ、よいしょっ♪」

そして、こちらに両手を広げて乳房を露出すると、仰向けに寝転がった。

織愛は胸元をはだけさせて迎え入れるように乳首を向ける。

「はーい、かずちゃんっ、おっぱいの時間でちゅよ～♪　お腹いっぱいになるまで、たくさんたくさん飲みまちょうねぇ～♪　ほーら、ちゅっちゅ、ちゅっちゅっ♪」

（もうこれ本当に恥ずかしすぎだろ⁉）

今すぐやめてしまいたいと思ったが、織愛はノリノリである。

こうなったら最後までトコトンつきあうのが役目だと思った。

（そうだ。途中でやめたら俺は織愛を裏切ることになってしまうっ……）

もう本能寺の悲劇を繰り返すわけにはいかない。

和治は雑念を振り払って織愛に抱きつき乳首に吸いついた。

「ちゅうっ！　ちゅうっ……！」

「あふぅんっ♪　くふぅんっ♪　かずちゃん、すごく上手でちゅね～♪　ママのおっぱいおいしいでちゅかぁ～？」

「ちゅう、ちゅうっ！」

和治は乳首を吸いながら頷く。

「ふぁぁ♪　あぁぁ♪　かずちゃんに喜んでもらえてママも嬉しいでちゅよ～♪　あふっ、くふぅっ♪　かずちゃん♪　本当に上手でちゅね～♪　ふあっ、あ、あぁんっ……♪」

もちろんミルクは出ないが、織愛の乳首はどんどん硬くなっていった。

と、そこで……和治は尿意を覚えた。

（……さっきペットボトルの緑茶を一気に飲まされたからっ……）

「かずちゃんミルクを飲んだら、次はおしっこの時間でちゅね～？　そろそろおしっこ出したいんじゃないでゅか～？」

（それが狙いだったのかっ！）

いきなり水分をとらされた理由がここでわかった。

（あれは計略だったのか！）

まんまと策にハマってしまった。

織愛はニヤリと口元を緩めると、肉竿をさすり始める。

「おしっこどうでちゅか～♪　出るんでちゅかぁ～♪」

織愛はおむつに指を這わせて慈しむように優しく撫で回してくる。

「ほらほら～、おしっこしたくなったら出したほうがいいでちゅよ～♪　我慢は体に毒でちゅよ～♪　おしっこいっぱい出しちゃいまちょうねぇ～♪」

あまりにも倒錯的すぎる状況に、異様な興奮がこみあげてくる。

「そんなに膝をこすりあわせてモジモジしちゃって～♪　おちっこがこみ上げてるみたいでちゅね～♪　大丈夫でちゅよ～♪　そのためのおむつなんでちゅから中にいっぱいおもらししていいんでちゅよ～♪」

(で、でも、やっぱりこの年齢でおもらしって……！　しかも本番前にこんな羞恥プレイっておかしいだろっ!?)

さすがに理性が働いてツッコミを入れてしまう。

だが、ますます織愛はノリノリでおっぱいを押しつけながら甘い声で促してくる。

「安心しておもらちしてもいいんでちゅよ～♪　かずちゃんは上手におちっこできるかなぁ～？　しーしーしちゃってもママがおむつをお片付けしてあげまちゅから汚くなんてないでちゅからね～♪」

耳から脳がとろけさせられてしまう。

理性が本能に敗北する。

「よちよち♪　ママのおっぱい飲みながらおちっこするのが男の子は一番気持ちいいんだから我慢しちゃだめでちゅよ～♪　こわくなーい、こわくなーい♪」

(もうだめだ。俺は)

織愛はガラガラを優しく鳴らしつつ、こちらの背中と股間を指先だけで優しくポンポンと叩いてくる。

(もう俺はこの上ない恥を晒してしまう！)

「おちりが震えちゃって、もう出そうなんでちゅね～？　しーしーしちゃうのかなぁ♪」

(う、うん……ごめん、ママ、出ちゃうっ、おしっこ漏れちゃうよぉ！　あぁぁあぁっ！)

自分がいつの時代のどこの誰なのかという認識すら崩壊して、和治は放尿をしてしまう。

「んちゅぅううううううぅーーー！」

「きゃぁぁあああぁ♪　かずちゃんおしっこできたぁーーーー♪　ほーら、黄色いおしっこちょろちょろじょろろ～っ♪　元気なおしっこたくさん出まちたねぇ～～～～～♪」

「ちゅうぅ！　ちゅうう！」

和治は頭の中が真っ白になりながらも乳首に吸いつき、放尿をし続けた。

「おー、すごいでちゅねぇ～♪　大量でちゅねぇ～♪　上手におしっこできてエラいでちゅねぇ～♪　よちよちよち～♪」

射精直後に似た心地よさが肉棒全体に走り続け、体が勝手にビクビク震えてしまう。

それでも織愛は迫真の演技をやめない。

「あれ～？　おしっこしたばかりなのにオチンチンさんのむずむず収まってないみたいでちゅねぇ～♪　またおちっこしたくなったんでちゅか～？　それとも白いおしっこぴゅー

ぴゅーしたいんでちゅか～♪」

「ちゅううっ、ん、んんっ……！」

そう言われた瞬間、射精欲求に襲われて無意識のうちに下半身を織愛にこすりつけた。

「はあんっ、おむつ、あったかいでちゅよ～っ♪　ふふふ、それじゃ今度はママの中にオチンチンさん、お帰りなさいしちゃいまちょうね～♪　オチンチンさんをポロンってするためにおむつヌギヌギちまちょうねぇ～♪　はーい、ぬぎぬぎ～♪」

起き上がった織愛はおむつを脱がせてくれる。

肉棒はビクビクと痙攣《けいれん》を繰り返して放尿の代わりに我慢汁を垂らし続けていた。

「はーい、オチンチンさんっ♪　今からこんにちはしようね～♪」

織愛はショーツをずらすと、濡れそぼった縦筋を見せてきた。

「ごくっ……」

ずっと入れたいと思っていた割れ目を見た瞬間——急激に肉棒が硬くなっていく。

それを見て、織愛は再び仰向けになる。

「ほぉら、かずちゃん、ママのオマンコにオチンチン入れまちょうねぇ～♪」

「あぁ、ママぁ！」

和治はそのまま織愛におおいかぶさり、肉棒を力任せに挿入した。半ばほどで抵抗感があったが、それでも突き入れると処女膜を破ったかのような感触があった。

「ひうぁあんっ⁉　いきなり、チンポ、入ってきてっ……くっ、ふうっ、んっ！」

織愛の甘い声が急に苦悶に満ちたものとなり、結合部からは血が溢れてくる。

そこで和治はようやく我に返った。

「ご、ごめんっ、織愛っ！」

「だ、大丈夫だぜ……へへっ、オレがノリノリで演技して和治を乗せたんだからなっ」

だが、痛みを感じているのか無理に笑みを作っているように見える。

「心配するな。オレ、嬉しいぐらいなんだぜ？　和治がここまでオレとエッチしたいって思ってくれてたのがわかってよ♪　素のままのオレじゃ興奮してくれないんじゃないかって思って、演技の練習がんばったんだぜ？」

「そうだったのか……」

あまりに熱のこもった演技に、つい和治まで没入してしまった。

「ありがとう、織愛。俺のためにそこまでしてくれて」

「ああ。練習するの恥ずかしかったぜっ……でも、和治に喜んでもらえてよかったぜ♪」

自分のために尽くしてくれる織愛に、改めて愛おしさが強まった。

そして、会話をかわしあううちに膣内が肉棒にあわせてほぐれていくのも感じた。

「くふぅっ、んんっ♪　少し痛みはマシになってきたな♪　もう大丈夫だから、オレのママの赤ちゃんの部屋にオチンチンさん、こんにちはしてねっ……♪」

再び演技を交えてニコッと笑う。

そのけなげさに和治は胸を打たれた。

「織愛っ、本当にありがとう、俺なんかのためにっ！」

「へへ、礼を言うのはオレのほうだぜ。おまえのおかげでオレはずいぶんと人生が楽しくなった。感謝するぜ！」

最初に出会った頃の織愛はあまりにも尖りすぎていた。

だが、こうして一緒にいる時間が増えてからはずいぶんと人間的に丸くなった気がする。

(俺と華蘭ちゃんが変えたのかな。そして、俺もふたりによって変わった気がする)

もしあのままの生活を続けていたら、ひたすら合理的に生きていただろう。

でも、きっとそれは退屈な日々の繰り返しだ。

「和治っ♪　ぎゅーってしてやるからオチンチン奥まで入れてくれっ♪」

「うん、わかった」

和治は一度腰を引いてから、ゆっくりと押し出していく。

「ひゃあああんっ、ああ、はあんっ！　い、いいぞっ♪　奥にあたるの気持ちいいぜ♪」

「こっちも気持ちいいよっ」

膣奥に亀頭が触れた瞬間、子宮口が食いついてくるような感覚がした。

オナホでは絶対に体験できない快感だ。

「そのまま……動け、出すまで、続けろっ……！　遠慮なんてするんじゃねぇ♪　むしろ動いてくれっ♪　すげぇ気持ちいいからよ♪」

「ああ。わかったよ。遠慮せずに動く！」

和治はさらなる快楽を求めて腰を振っていく。

ひと突きごとに膣分泌液が滲みだし、抽挿をスムーズなものへ変えていった。

(熱い。そして、絡みつく！)

この気持ちよさをオナホと比べるのは冒涜ですらあると思う。

(今まで合理的に生きてきたつもりだけど……頭でっかちだったかもな)

自分の人生を反省しながら、ピストンをスピードアップさせていく。

「ひううっ♪　あふっ♪　はあんっ♪　あぁ、すげぇっ♪　セックスってこんなに気持ちいいもんなんだな♪　腰が抜けそうなぐらいの快楽だぜ♪」

「俺もだよ！　想像以上だ！」

結合部は熱さと粘度を増していき、ピストンごとに卑猥な音を立てていた。

そこで硬く尖っている乳首に気がついた和治は、本能のままにむしゃぶりつく。

「ひぃい♪　あああ♪　今そこ吸うのは反則だぜぇぇ♪　まったく、かずちゃんは甘えん坊だなぁ♪　ふぁあ♪　はあん♪」

冗談めかしく言っているが、明らかに膣内の締めつけが強くなり分泌液も増えている。

(母性とはまったく無縁そうな織愛だったけど、意外といい母親になれるかもな！)

そんなことを思いながらラストスパートをかけていく。

「はぁん♪　いいぞ、そのまま出せ♪　オレと一緒に、このままイくんだ♪　はうんっ、んんっ、あぁああっ♪」

織愛はこちらの背中に両手を回して強く抱きしめてきた。

受け入れられ求められる喜びを感じながら、和治は一心不乱にピストンを繰り返す。

「あぁあ♪　わかるぜ♪　和治のチンポがオレの中で脈打ってやがる♪　オレの中に出したいって言ってるぜ♪」

(でも、ここで中出しするのはさすがにマズいんじゃ……)

和治は寸前で理性を取り戻した。

だが、織愛は逆に両手足でしがみつくようにしてホールドしてくる。

「いいんだ♪　このまま出せぇ♪　オレはおまえの精液がほしい♪　たっぷり中出ししてほしいんだ♪　ふあぁぁ♪　くふうんっ♪　あぁあぁんっ♪」

こちらを真っ直ぐに見つめながら懇願してくる。

そして、射精を促すように膣内も搾るような収縮運動をしてきた。

「うおあっ、うぁああっ！」

頭の中が真っ白になって浮遊感に似たものを覚える。

それでも腰だけは本能に従ってピストンを続行していた。

「あぁあっ♪　あはぁん♪　イク♪　もうオレはイクぜ♪　あぁああああああぁ♪」

「織愛！　俺もイク！　一緒にイこうっ！　うああ！　ああああぁあああああああ！」

ふたり揃って絶叫しながら、絶頂のときを迎える。

快楽の炎が渦巻き、次々と爆発していった。

（なんて気持ちよさだ！）

「あああああぁっ♪　すげえっ♪　熱いのが入ってきてマンコの中のぼせるみたいに気持ちいいぜ♪　はああっ、ひうんっ、あふうっ♪　信じられねぇぐらいの快楽だ♪」

子宮口は亀頭を咥えこんだまま脈動を繰り返し、尿道に残っていた精液まで吸い出してくる。

（……織愛は本当に心の奥底から……子宮から俺のことをほしがってるんだな……）

そのことを肉棒を通してダイレクトに感じることができた。

「へへへっ♪　たっぷり出したなぁ～♪　でも、安心しろよな♪　オレの準備は安全日のチェックも含めてだぜっ♪　抜かりはねぇ♪　……ま、まぁ……おまえとの赤ちゃんならほしいけどな……」

そう言うと恥ずかしそうにこちらから顔を逸らした。

（本当に織愛は最高だな）

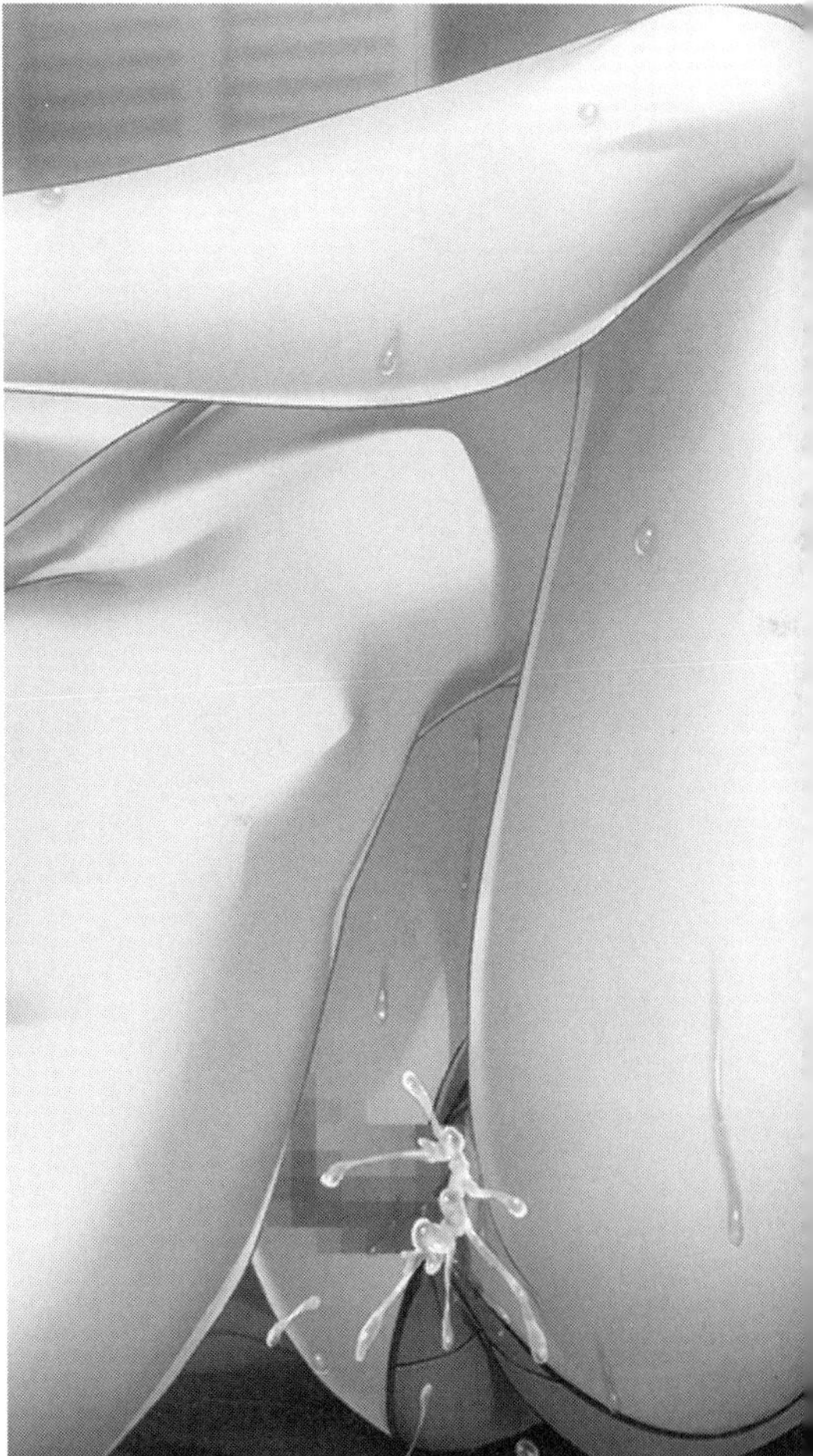

愛おしさのあまり和治は織愛の唇を奪い、そのままねっとりとしたディープキスをしていった。

「和治ぅ♪　んれろっ♪　んるっ♪　れろぅ♪　おまえとこうして愛しあうことができて

今日は最良の日だぜぇ♪」

「俺もだよ、織愛」

そのまま舌を絡めあい、お互いの口内を貪る。

そして、たっぷり五分ぐらいしてから唇を離す。

「……すげぇ幸せな気分だが、オレだけこんな思いをしているのは華蘭には申し訳ねぇな。華蘭のやつがいたからこそ、おまえとここまでの関係になれた気がするし」

「それは……そうかもしれない」

華蘭が陰に陽にアシストしてくれたからこそ、今日を迎えられたと言える。

「だからよ。華蘭とこれからもスケベなことしてくれていいからな？　むしろしてくれ。オレだけ和治のことを独り占めするのはどうかと思うからな」

「織愛……」

「オレの器の大きさってものを見せてやるぜ！　そもそも前世のオレは側室がたくさんいたからな！」

確かに信長は多くの側室に子を産ませていた。

（現代でハーレムなんて難しいけど……）

でも、ここで織愛だけを選ぶことは絶対に間違っていると確信できた。

次の休日。和治は華蘭を自室へと呼び出していた。

「華蘭ちゃん。今日は日頃の感謝をこめてプレゼントがあるんだ」

「え〜っ♪ なになになに〜♪」

華蘭は瞳を輝かせる。

「ネットでいろいろ調べてさ。これなら華蘭ちゃんに喜んでもらえるかなって」

和治は部屋の片隅に積んであった段ボールから中身を取り出して並べていった。

「えっ？ これって……？ んんんっ？ あ、ああっ！ 寝具!?」

「そう。低反発マット、温度を快適に自動調整する素材を使用した掛け布団、人間工学に基づいて形作られた枕の三点セットだよ」

ちょうどセールをやっていたので安く揃えることができた。

(それにこれには意味がある)

「ハル〜♪ 花魁《おいらん》にとって客から送られる一番名誉な贈り物は寝具だってちゃんと調べたからこそアタシに買ってくれたんでしょ〜？」

「ああ。そうだよ。華蘭ちゃんのプレゼントには最適かと思って」

「くぅう〜♪ さすがハルだねぇ〜♪ 遊郭で出会ったときのことを思い出すよ〜♪ わ

っちの一番に絶対になるって言ってくれてさ～♪　今世でもわっちのことをここまで思ってくれるなんてねぇ～♪」

プレゼント作戦は大成功だ。

「よぉ～し♪　今日はいっぱいサービスしちゃおっかなぁ～♪」

満面の笑みを浮かべると、華蘭はいきなり抱きついてきてズボン越しに股間を撫で回してきた。

「ちょ、華蘭ちゃんっ」

「やっぱり気づかいのできる男はポイントが高いねぇ～♪　プレゼント選択のセンスで男の価値もわかるってもんさね～♪　それじゃ、ハル。ベッドへゴー♪」

上半身裸になって華蘭はベッドに仰向けになった。

「アタシのおっぱいは準備完了～♪　ハルもオチンチン出して～♪　寝具のお礼にアタシのおっぱい枕で挟んであげるよ～♪」

「おっぱい枕？」

「うん♪　別名パイズリってやつ～♪」

それはぜひ味わいたい。

和治は華蘭のお腹のあたりに跨って豊かな谷間に肉棒を挿しこんだ。

（うわっ……すごい圧力だっ！）

張りも弾力もあるのに、温かくて瑞々しい。

「ハルのオチンチンおっきくなってってる～♪　ちなみに花魁が江戸時代にやってたパイズリは紅葉合わせっていうんだよ～♪　前世ではハルも大好きだったんだよ～♪」

「そ、そうだったんだ」

「うん♪　今世でもこうしてハルにパイズリできて嬉しいよ～♪　ふふふ～♪　どんどんおっきくなってってるねぇ～♪　すぐ目の前だからよくわかるよぉ～♪」

そして、硬さが増していくにつれて、より乳房の柔らかさを感じてしまう。

「ハル、どーう？　アタシのおっぱいやわっこくて気持ちいい～？」

「う、うんっ。気持ちいいよ。それに満たされるような気分だっ」

「ふふっ、ハルったら母性に飢えてるんだねぇ～？　そんな気持ちよさそうな顔を見せられると奉仕してあげたくなっちゃうよ～♪」

華蘭は両手で左右から乳房を挟みこむようにする。

そして、肉棒を上下にしごくようなマッサージを開始してきた。

「たっぷり感じてるオチンチンを～♪　おっぱいでリズムよくぎゅむぎゅむぎゅむ～♪」

「くっ、ううっ、ああっ、華蘭ちゃん、いいよっ……！」

「やっぱりハルはおっぱい好きだねぇ～♪　ほぉらぁ～♪　遠慮しないで自分からも動いていいよぉ～♪　アタシのおっぱいいっぱい堪能したいでしょぉ～？」

挑発するように言いながら、華蘭は左右から強めに肉棒を挟んだ。

「うぅっ、き、気持ちいいっ……」

「ならぁ～、自分から腰動かさなきゃ～♪　あたしのおっぱいの谷間をオマンコに見立てて擬似セックスしちゃいなよぉ～♪　ほらほらほらぁ～♪」

挟んだまま揺さぶられて、和治は理性を崩されていった。

「わ、わかった。それじゃ、華蘭ちゃん、いくよっ」

和治は本能に従ってピストン運動を開始した。

我慢汁が早くも滲み出てきたことによりローション代わりになる。

思った以上にスムーズに肉棒は谷間を往復することになった。

「あはぁんっ♪　いいよぉ～♪　ハルのデカチンがアタシのおっぱいオマンコをガンガン突いてくるぅ～♪」

「あぁ、ほんとエロいっ！　視覚的に最高にエッチ～♪」

腰を振る先には華蘭の顔がある。

（おっぱいと華蘭ちゃんの顔を見ながら腰を振るなんてエロすぎる）

「んふぅ♪　はあん♪　オチンチンからどんどんエッチなお汁出てきてるよぉ～♪　ハルったら変態だねぇ～♪　もうアタシのおっぱいヌルヌルぅ～♪」

腰を振るたびにヌチュヌチュ音がして、聴覚からも興奮が煽られた。

「くぅう！　上下左右からこすられて気持ちいい！」

「アタシも気持ちいいよぉ♪　ハルが一生懸命に腰を振ってるかわいい姿を見ることができてすごく興奮するし～♪　女として自分に夢中になってもらえるのは嬉しいねぇ～♪」

そう言われると恥ずかしいが、でも、逆に燃えるものがある。

和治はますます夢中で腰を振った。

「あぁ、華蘭ちゃん、華蘭ちゃん！」

「あぁん♪　ハルぅ、かわいい、かわいいよぉ～♪　ふふふ♪　盛り上がってきたところでぇ～、さらなるテクニックをお披露目しちゃおっかなぁ～♪　んしょっ♪」

華蘭は脱ぎ捨てていたショーツを自分の指へあやとりのように引っかけると亀頭へクロッチを押しつけてきた。

「うぁ、ああっ！　これっ、やばいっ！　あああぁ……！」

「えへへ～♪　ハルは女の子のパンツ大好きだもんねぇ～♪　オマンコのあたってたところ湿ってて興奮しちゃうでしょ～？」

その言葉どおりクロッチ部分は愛液がねっとり染みついていた。

「これでおっぱいからぴょこんと出てたカメさんも寂しくないね～♪　オマンコにあたってたパンツでオチンチンさんと間接エッチしていっぱいムラムラしちゃおうねぇ～♪」

花魁ギャルのエッチな会話術によって肉棒がさらにバッキバキに硬くなってしまい亀頭

の先端からは我慢汁が溢れ出た。

「華蘭ちゃん、エロすぎるよ！　エロすぎて最高だよっ！」

極度に興奮した和治は一匹のオスと化して激しく腰を使っていく。

「はあん♪　ふあああんっ♪　ハルのオチンチンでアタシのおっぱいとパンツが犯されてるよぉお♪　もっと本能解放してぇ♪　ケダモノのようなハルを見せてぇ～～♪」

「見せるよ、華蘭ちゃんに！　俺が華蘭ちゃんで思いっきり発情してるところ！」

促されるままに自らの獣性を解放して、ガンガン腰を振る。

激しいピストン運動によって乳房は形を変え、乳首が硬くなり尖っていった。

(なんていやらしいおっぱいなんだ！)

母性の象徴なのに、まるで性器のようだ。

「おっぱいは赤ちゃんのためだけのものじゃないからねぇ～♪　ほらほら～♪　どんどん使ってぇ～♪　アタシの体はすべてハルのものなんだからぁ～♪」

こちらのピストンにあわせるように、華蘭は両手で乳房を押しつけてくる。

「あぁあ、それ、すごくいいいっ」

「ぎゅむぎゅむぎゅむ～♪　ふふふ～♪　パンツ越しにいっぱいお精子さんの匂いしてきちゃってるねぇ～♪　これもう我慢できないよぉ～♪　れろっ♪　ちゅっ♪　ちゅう♪」

華蘭は舌を伸ばして、クロッチ越しに亀頭を舐めてきた。

さらには味わうように唇を押しつけ吸いついてくる。

「うぉおっ⁉　あぁあっ！　か、華蘭ちゃん！　エロすぎだって！　そんなふうにされたら出そうっ！」

「ちゅうぅう～♪　ぢゅう、ぢゅくぅっ♪　うんっ♪　いいよぉ～♪　いつでも出していいよぉ～♪　ハルのイキたいときにいつでもイッてねぇ～♪」

華蘭は舌を伸ばして舐め回しながら乳房による圧迫マッサージも強めてくる。

（おっぱいの柔らかさと舌の柔らかさとクロッチの柔らかさがあわさっている！）

三位一体の柔らかさによって一気に射精感が強まった。

「ちゅっ、ちゅぷちゅう～♪　オチンチンさんだけじゃなくタマタマもヒクヒクしちゃってるねぇ～♪　だいぶ感じてる証拠だねぇ～♪　これはいっぱいお射精してくれそうで、アタシもうドキドキがとまんないよぉ～♪」

華蘭は発情と期待の混ざった眼差しを向けながら、熱のこもった奉仕を強めていく。

（やっぱり華蘭ちゃんはエロのプロフェッショナルだ！）

花魁とギャルの組みあわせは改めて最強だと実感した。

「ねえ、アタシ、もう我慢できないよぉ～♪　ハルの赤ちゃんの種、今すぐビュッビュッて出してほしい～♪　ほらほらほらぁ～♪　射精するところ見せてぇえ～♪」

華蘭は首を起こして上半身ごと体を波打たせ、乳房を手で動かし始めた。

そのダイナミックな動きによって勃起肉棒が激しく蹂躙される。

(こんなに気持ちいいことは一秒でも長く味わっていたいんだけどっ)

しかし、これ以上こらえることは不可能だった。

「うぐっ、あ、あぁあぁあっ！　華蘭ちゃんっ！　もうイク、イクよっ……！」

「うんっ♪　イッてぇ♪　ぴゅっぴゅっていっぱいおっぱいに射精してぇ～♪　本能全開のお射精見せてぇええ～～♪」

「あ、あああああっ！　出る！　うぁあああーーーーーーーーっ！」

頭の中が真っ白になり、意識が飛ぶ。

それでも本能だけはしっかりと働いて、腰を思いっきり突き出して射精していた。

「きゃぁああああんっ♪　あはぁっ、ふあああん♪　すごい、すごいよぉ～♪　パンツじゃ受けとめきれないよお～っ♪」

勢いよくほとばしった精液はショーツだけでなく乳房をも白く染めていった。

「きゃあぁあん♪　温かいぃい～♪　おっぱいもこんなにお精子さんでどろどろになっちゃってるよぉ～♪　こんなに濃いの出されちゃったら、おっぱい妊娠しちゃうよぉ～♪」

華蘭の射精を喜ぶ甘い声はとても心地がいい。

花魁ギャルの底抜けのエロさのおかげで、自分を解放することができた。

「ふぅ……ありがとう、華蘭ちゃんっ……すごく、よかったよっ」

「ふふふ～♪　お礼を言うのはアタシのほうだよぉ～♪　こんなにすごいお射精見せてもらえるなんて感激だよぉ～♪」

「ああ、ぜんぶ華蘭ちゃんのおかげだよっ。本当に気持ちよかった」

あまりの快楽で未だに肉棒はビクンビクンと震えて空撃ちをし続けている有様だ。

「よしよし、オチンチンさんがんばったねぇ～っ♪　えらいえらい～♪　元気いっぱいのお射精してくれて、いい子いい子～♪」

華蘭は射精を終えた肉棒を讃えながら撫でる。

そして、長い舌を伸ばしてきた。

「元気たっぷりな赤ちゃんの種もったいないからアタシにもちょうだいねぇ～っ♪　れるちゅっ、じゅくっ、ちゅぷ～♪」

「あぁあ、華蘭ちゃんっ……！」

そのまま華蘭はクロッチ部分や乳房に付着した精液を舐めとっていった。

(やっぱり華蘭ちゃんはエロくて最高だな)

くすぐったさと気持ちよさを感じながら、和治は花魁ギャルの極上お掃除フェラ奉仕に心身をゆだねていくのだった。

●
●
●

そして、後日──。

和治は華蘭の「今日はハルの家に行きたい〜♪」とのリクエストに応えていた。

（ちょうど今日は両親ともに帰りが遅くなる日なんだよな）

「今日はふたりっきりなんだねぇ〜？」

部屋に入るなり華蘭から期待に満ちた声で訊ねられた。

「えっ？　あ、うん……」

「ねぇ、おりっちとはしたんでしょ？　本番」

「えっ⁉」

そのことについてはまだ華蘭には話していなかったので驚いてしまう。

「へへへ〜♪　色恋の達人である華蘭ちゃんから見たら、最近の様子からして一線を越えたのはバレバレ〜♪」

「さすが華蘭ちゃん……」

「ふふふ〜♪　ダテに花魁やってないよ〜♪　おりっちとの本番気持ちよかった〜？」

「う、うん……」

やはり華蘭にはすべてお見通しだ。

（俺たちとは恋愛経験値が違いすぎる）

「じゃあさ～♪　今日はアタシともしよっか～♪」

「い、いいの？」

「もちろん～♪　というかアタシがしたいし～♪　ハルはしたくないの～？」

華蘭はこちらに体を寄せてきて股間をまさぐってくる。

「う、あ、華蘭ちゃん……も、もちろん……し、したい……」

我ながら欲張りだとは思うのだが、それが嘘偽りのない心境だった。

「じゃ～♪　けって~い♪」

さっそく華蘭は服を脱ぎ、下着に手をかけブラを外して、ショーツを下ろしてしまう。

「ほらほら、ハルも早く脱ぐ～♪」

「う、うん」

和治も同様に服を脱いで全裸になった。

（って、なし崩し的に本番の流れにっ……！）

でも、この気まぐれさがギャルっぽくてよいかもしれない。

「ほぉ～ら♪　きてっ♪　ハル～♪」

手を広げる華蘭に向かって和治は抱きついた。

「おっぱいの谷間に顔を埋めてくるなんて赤ちゃんみたいでかわいい～♪　アタシ、甘えられるの大好きなんだよね～♪　ほーら、ぱふぱふっ、ぱふぱふ～♪」

「んぷぷっ、んぐっ……はぁ、あぁ……ちゅくっ、んちゅっ、ちゅうっ！」

顔面に乳房を押しつけられて興奮した和治は乳首に吸いついた。

「はあっ、ああんっ♪　ハルったら、すっかりエッチが上手になっちゃってぇ～♪」

ふたり相手に性行為を繰り返したことで、和治のテクニックも向上していた。

「昔は童貞丸出しでオドオドしてたのにねぇ～♪　感慨深い～♪」

「華蘭ちゃんと織愛のおかげだよ」

「ふふふ～♪　アタシたちがハルを男にしてあげたわけだ～♪」

「そうだね。ふたりには本当に感謝してるよ」

「アタシも感謝してるよ～♪　ハルのおかげで幸せなエッチいっぱいできてるし～♪」

華蘭はこちらの後頭部に手を回すと、優しく撫でてくれた。

ギャルなのに母性があるというギャップは、やはりたまらないものがある。

「それじゃ、ハル、ベッドに仰向けになって～♪」

「了解」

言われたとおりに横たわると、華蘭は騎乗するように跨ってきて割れ目に亀頭を押しあててきた。

「華蘭ちゃんの濡れてる」

「そりゃこれから大好きな人とセックスするとなったら濡れるでしょ～♪　んん♪　ハル

のオチンチンだってビクビクしてアタシの中に入りたがってるよ～？」

「うん、入れたいよ、華蘭ちゃんのオマンコの中に」

「ふふ、本当に感慨深いね～♪　前世から計算すると二百年ぶりくらいかなぁ～？　再び愛しい人のオチンチンを入れられる日がくるなんてねぇ～♪」

未だに和治は前世の記憶がないものの、こうして華蘭と本番の日を迎えることができてよかったと思えた。

「じゃ～♪　いくよ、ハル～♪」

「うん、いつでもいいよ」

「それじゃ～、前世から二百年ぶりのオチンチン♪　感動の再会～♪」

華蘭は割れ目に亀頭をハメこむと、体重をかけてきた。

ぐぐ……という確かな抵抗感とともに強烈な圧力がかかる。

そして――なにかを破るような感触。

「はい、これで今世のアタシの処女膜はハルのもの～♪」

「やっぱり、華蘭ちゃんは処女だったんだ」

「ありゃ～、バレてたか～♪　うん、そうだよ～♪　こんな経験豊富そうなギャルなのに実は処女なのでした～♪　やっぱり運命の人に初めてはあげたかったからねぇ～♪」

遊んでいそうに見えるが、実はかなりピュアな面もある。

改めて、そのギャップを魅力に感じる和治だった。

「ちなみに前世じゃアタシでハルは童貞卒業したんだよ～♪　で、現世ではアタシが処女卒業～♪　これでおあいこだねぇ～♪」

時を越えて、お互いの初めてをもらう。

(なんだか浪漫を感じるな……)

和治としても感慨深い。

「おりっちの前世は四百年以上前だから、ずいぶん年季が入ってるからねぇ～。だから、ハルの童貞は譲ってあげたんだよぉ～♪」

「そこまで考えてたんだ」

「花魁流の気づかいってやつさね～♪　前世でも現世でも愛する人の童貞もらったらバチが当たるってもんさ～♪　……っつつ！　やっぱり、ちょっと痛いね～……」

笑顔も破瓜の痛みで歪んでしまう。

「華蘭ちゃん、大丈夫？」

「うん、それじゃ、ちょっとおっぱいモミモミしてくれるかな～？　そうしてるうちに馴染んでくると思うし～」

「わかった」

和治は両手を伸ばして乳房を鷲掴みにすると、マッサージするように揉みしだいていく。

ボリューム感ある豊乳を堪能するたびに、結合部が収縮していった。

「んっ、ふっ、ふぁぁ～♪　いい、いいよぉ～♪　そうやっておっぱいモミモミされるとオマンコもほぐれてハルのオチンチンの形になっていくよぉ～♪」

その言葉を証明するように華蘭の体がさらに沈みこんでいく。

「くうっ、すごい締まってキツいよ」

「あはは～♪　やっぱり処女オマンコのほうが気持ちいいか～♪　そりゃ当然っちゃ当然だよねぇ～♪　現世ではたっぷりアタシの新品オマンコを堪能してねぇ～♪」

「うん、俺は新品だろうと中古品だろうと構わないけどね」

大事なのはいかに心を通いあわせるかだ。

「ふふ♪　やっぱりハルは器が大きいねぇ～♪　オチンチンの大きさと器の大きさは比例するのかなぁ～♪」

「俺は前世の華蘭ちゃんも現世の華蘭ちゃんも平等に愛すよ！」

処女だろうと非処女だろうと、やることは変わらない。

目の前の愛しい人と全力でセックスするだけだ。

和治はゆっくりと感触を確かめるように突き上げピストンを開始した。

「あはっあっ♪　はんっ♪　ああんっ♪　痛さほとんどなくなったよ♪　やっぱり前世も今世もアタシたちの相性バッチリ～♪」

「うん、すごいフィットする。華蘭ちゃんのオマンコ俺のチンポとピッタリだ！」

どこか懐かしい気持ちになりながら、和治はピストンを続けていく。

「あぁん♪　嬉しいよぉ～♪　ハルと再び繋がれるなんてぇ～♪　はぁん♪　もうジッとしてられない♪　アタシからも腰振るよぉ～♪　んふぅうん♪　あぁんっ♪」

こちらの突き上げに対して、華蘭は叩きつける動きを繰り返してくる。

「うぐっ、それされると、すごい深いところまで入るっ！」

「うん♪　すっごい奥まで入ってるよぉ～♪　ハルのオチンチンがアタシの子宮口とキスしてるぅ～♪」

「ああ、わかるよっ、華蘭ちゃんの子宮口が俺のチンポにむしゃぶりついきてるっ！」

腰の動きは単調なのに、膣内は複雑な動きを繰り返していた。

「やっぱりすごいよ華蘭ちゃんは！　オマンコまでテクニシャンだ！」

「前世でも今世でも名器に生まれるなんてさすがアタシだよねぇ～♪　そして、ハルと今世で繋がれるなんてねぇ～♪　運命のミラクルオマンコとミラクルオチンチン～♪」

会話する間にも、華蘭の腰の動きは激しさを増していた。

バウンドするように跳ねるたびに、重い快楽の衝撃が押し寄せてくる。

「くぅうっ！　さすがだよ華蘭ちゃんっ！」

「ほらほらぁ～♪　いつでも気持ちよくピュッピュしてねぇ～♪　もちろん中にお射精し

てくれていいからぁ～♪　んふぅうっ♪　はあぁっ♪」

鈴口に子宮口が突きあたるたびに、金玉にまで鋭い性感が響き渡っていく。

「はああんっ♪　ハルのカメさんが奥にどんどん当たって、アタシお腹の奥までふわふわしてきちゃう♪　あっはぁんっ♪　処女喪失したばかりなのに感じちゃううぅ♪」

「いいよ、感じて華蘭ちゃんっ！　俺のチンポで感じて！」

これまでの感謝の思いを伝えるように、華蘭の体が浮くぐらいの突き上げピストンを繰り出していった。

「ひゃあんっ♪　ハル、すごい、たくましぃ～♪　こんなに激しくされたらぁ♪　んふぅううん♪　我慢できない～♪　イクっ、イッちゃうぅ♪」

「いいよ、イッて！」

和治は手を伸ばして硬く尖っている乳首を摘まんだ。

「ひゃあはあっ♪　ひゃんっ♪　それ反則、反則ぅう～♪　あはぁっ、んあぁあっ♪　もうハルったらぁ～♪　んんんんん～っ♪」

ビクビクと小刻みに全身を痙攣させ、華蘭は軽くイッたようだった。

「はふぅっ♪　んんぅ～っ……♪　はぁ、はぁっ、はぁ～♪　ほんとハルったらエッチが上手いんだからぁ～♪　でもぉ、ここからは華蘭ちゃんの番～♪」

華蘭はこちらのお腹のあたりに両手を置くと、股間を思いっきり叩きつけるような上下運動を開始した。

「うぉぉっ⁉　あぁあ！」

「あはは～♪　すっごい奥まで入ってるねぇ～♪　ああうぅ♪　すごいっ♪　ハルのカメさん、ぷっくり膨らんできてるのわかるよぉ♪　はふぅうん♪　子宮口をノックされるの気持ちいぃいいいいいい♪」

「あぐっ、うぐっ……！　気持ちいいっ！　まるで華蘭ちゃんに犯されてるみたいだ」

「えへへ～♪　そんなこと言われるとぉ～♪　めちゃくちゃ興奮しちゃうよねぇ～♪」

華蘭の叩きつけるような腰振りは激しさを増していき、一気に射精感が高まった。

「あぁううっ！　華蘭ちゃん、すごすぎっ！　エロすぎるよっ！」

「ふふふ～♪　やっぱりエロさを褒められるのは嬉しいねぇ～♪　女にとっての勲章だよねぇ～♪　ほぉらほらほらほらほらぁ～♪」

上機嫌になった華蘭は腰をこねるように回転させてくる。

現世では処女でも前世は花魁だったので経験豊富なのだ。

「あぁあああ！　華蘭ちゃんっ……そんなにされたら、もうっ……！」

「いいよぉ～♪　我慢しないで出してぇ～♪　いっぱい♪　たっぷり♪　アタシのオマンコの奥の奥にまで射精してぇ～♪　あんっ♪　くふぅん♪　ふあぁぁん♪」

再び上下運動に切り替わり、絶頂へと導いてくる。

「あああああああっ！　イク！　華蘭ちゃん、イクよ！」

「うんっ、きてぇ♪　ぴゅっぴゅっしてぇ～♪　ハルのアタシへの愛の証の精液をいっぱい中出ししてぇ～～～♪　ふぁああぁぁんっ♪　はうぅう♪　あああぁぁああーーーっ♪」

華蘭は甘い絶頂ボイスで叫びながら、体を激しくのけぞらせる。

それとともに信じられないぐらい激しい勢いで膣内が締めつけられた。

「うっはあああああああああーーー！」

そして、搾られるままに和治は華蘭の膣奥深く熱い精液を発射した。

「あぁああんっ♪　ふっあああぁああんっ♪　ハルの射精すごいよぉおお～♪　熱いのがビュービュー子宮口に当たってるぅうーーー♪　あぁん、イクぅ♪　ハルに中出しお射精されてぇ♪　幸せすぎてイクぅうーーーーーーーーー♪」

激しく全身を痙攣させて華蘭はさらなる絶頂を迎える。

「うあぁっ！　締まるっ！」

根元をギュウゥウウと異様な力で締め上げられて、和治はさらに激しい射精を繰り返していった。

「うぐぁあ！　気持ちよすぎるっ！　華蘭ちゃんのオマンコ、スケベすぎるよっ！」

「ハルのオチンチンだってすっごいエッチだよぉ～♪　こんなにドビュドビュ精液大量に放っちゃってぇ～♪　安全日じゃなかったら妊娠してたかも～♪」

無邪気な笑みを浮かべて、自分の下腹部を愛おしげに撫でる。

（……ほんと、華蘭ちゃんには勝てないな……）

花魁ギャルのすごさを、改めて思い知らされた。

「ふふふ〜♪　ハル〜♪　これからもいっぱいいっぱいエッチしようねぇ〜♪」

「ああ」

淫らで底抜けに明るい笑顔を向けられて、和治も頷いた。

第五章　愛～主従を越えて～

電気を落として暗くした自室で、和治は織愛から催眠術を受けていた。

「……あなたは眠い、すごく眠い、眠くてたまらない　眠くてたまらなくて、まぶたが重い、重いまぶたがピッタリ閉じる、一度閉じると開けられない、開けたいとも思えない、もう絶対に目を開けられない、目を開けられなくて眠い、眠くて夢に堕ちる、夢の中は楽しい、光秀の生活が楽しい、信長を討ててすごく楽しい、あなたは光秀、明智光秀、あなたが信長を殺した、殺した理由がある、その理由を話したくなる……その理由は？」

織愛は暗示をかけながら訊ねてくるが——和治の頭にはなにも浮かばない。

「ごめん……やっぱり無理だよ……」

「くぅうー！　駄目か！　練習したんだがなぁ！」

織愛は地団太踏んで悔しがっていた。

（……ここのところ織愛は特に前世にこだわってるんだよなぁ……）

処女喪失したことで吹っ切れたかと思えば、逆にいろいろと調べるようになっていた。

「うーん、なんか手がかりねぇかなぁ～？」

織愛は和治のパソコンを使って、いろいろと検索し始める。

（……いろいろな説はあるけど、それらを見ても織愛は納得しないんだよな……）

こうなっては和治としてはどうしようもない。

「なっ⁉　なんだと⁉」

そこで突然、織愛が驚愕の声を上げた。

「どうしたの？」

「おい、和治、このブログを見てくれ！　ほら、この写真に映ってるやつ見てピンとこねぇか⁉」

「えっ？　これって……インディーズバンドのボーカル？」

そこには、和風の衣装を纏って歌うビジュアル系バンドの若い男が映っていた。

和治にはまったく見覚えがない。

だが、織愛は自信たっぷりに断言する。

「コイツの前世は秀吉《ひでよし》だ！　いくら派手にメイクしてようがオレにはわかるぜ！」

「えぇえ⁉　秀吉⁉」

「ああ！　そうだ！　間違いねぇ！　ほら、見てみろっ！　ブログ記事のカテゴリにも『戦国時代の話題』ってあるだろ？」

「あ、ほんとだ……確かにほかの記事からは浮いてるね……」

「ちょっと読んでみるぜ」

織愛はマウスを操作して戦国時代関連の記事に目を通していく。

「……やはり、こいつただのボーカルじゃねぇ」

「うん。見た目からは考えられないほど戦国時代に詳しいね……」

検索で上位にくるだけあって、戦国時代、特に織田信長と家臣団についての記事が充実している。

「どう見ても間違いねぇ。こいつは秀吉だ！　しかも、ここまで詳細な記事を書けるってことは前世の記憶を持ってるってことだな。なら——やることはひとつだ！　和治、協力してくれ！　秀吉のやつを拉致っていろいろと訊いてみるぜ！」

「えぇぇ!?」

「次のバンドのコンサート帰りを狙うぜ！　次のライブはいつだ!?」

織愛は完全に前のめりになっている。

(……こうなったら、織愛は止められないよなぁ……)

そして、和治も写真を見ているうちにこの人物に会いたい気持ちが強まっていた。

(理屈じゃないな。本能が訴えかけている。織愛に協力するか)

和治も、覚悟を決めた。

●
●
●

和治たちは前世が秀吉と思われるボーカルの拉致を実行すべく、繁華街のライブハウス前で待ち伏せをしていた。

「……あいつらライブ会場を出たぞ。尾行してボーカルが単独行動するのを待とうぜ」

「うん」

バンドメンバーは全員楽屋で酒を飲んだらしく注意力散漫だ。

和治たちは人混みに紛れながら、メンバーの会話を盗み聞きすることにした。

「いやー、トヨはマジで頭いいよなぁー♪　グッズを多く買った客には特別ライブご招待とはなぁ♪」

「色気づいた客の前で歌ってドンペリをタダで開けてやるだけで大儲け！　ドンペリなんて全然原価高くねえからな～♪」

ブログに映っていたバンドのほかのメンバーが、前世が秀吉と思われる『トヨ』と上機嫌で話す。

「いい作戦だったろ～？　今度はピンクダイヤモンドアクセサリーを限定プレゼントとか考えてるんだぜ♪　ダイヤってのは透明度が低くて価値が殆どないやつほど色変えて付加価値つけてるんだが知らない奴は知らないからなぁ～♪　オレたちはグッズ売れて儲かる

し女には不自由しなくなるってわけさ～♪」

　トヨは、かなり悪知恵が働くようだ。

「……金と女ばかり求めて頭働かせてるところ見ると、ますます間違いねぇな……」

「……織愛、落ち着いて……今ここで襲撃しても仲間に通報されるだけだ」

　今にも襲いかかりそうな織愛をどうにか押しとどめる。

　そのまま尾行を続けると、トヨは駅で手を振ってほかのメンバーと別れる。

　トヨが人気のない公園の前を通るタイミングで、和治と織愛は視線をかわして頷きあい
――背後から一気に襲いかかった。

　まずは織愛がボーカルの後ろから口にギャグボールを噛ませて口を封じる。

　和治は足枷と手錠をつけて拘束し、さらにはアイマスクをつけて視界を閉ざした。

「よし、確保完了だ。あとはこいつをバイクで運ぶ！」

「了解。俺は織愛が来るまで公園の茂みで待ってるよ」

　杜撰な計画だったが、意外なほど上手くいった。

和治と織愛はこうしてトヨを生け捕りにすることに成功したのだった。

和治の部屋にやってきたところで、さっそくトヨへの尋問が開始されることになった。

まずは、和治がギャグボールを外す。

「な、なんだよ、なにが起こってんだよ……おまえら俺になんの恨みがあって……」

「余のことを忘れたとは言わせんぞ、秀吉！　今世でも強欲な振る舞いをしおって！　恥を知れ恥を！」

トヨは織愛の顔を見た途端、驚愕の表情になり青ざめた。

「な、まさか信長様の転生者か⁉　なんで信長様が女に⁉」

「おう、秀吉！　おまえには訊きてぇこ

とがある！　オマエなんだろ？　光秀を焚きつけて本能寺の変を起こしたのは⁉」

「ち、違ぇ！　光秀が勝手に謀反を起こしたからオレは便乗したにすぎねえ！　そもそも俺は信長様を尊敬してたんだよ！　その俺が謀反なんて起こすもんか！」

「……本当かぁ？　おまえは織田家をないがしろにしただろ？」

織愛は疑いの目を向けるが、なおもトヨは弁明する。

「違う！　そもそも拙者の一存だけで己が天下を目指せたとでも⁉　多くの織田家家臣が拙者に同意したからこその結果なのですぞ！」

「くっ……！」

トヨは秀吉に戻ったような口調で言い放った。痛いところを突かれたのか、織愛は呻く。

そこを逃すところなく、トヨは弁舌を発揮した。

「信長様も最初は俺のような身分の低いやつも取り立ててくれたりして尊敬できた。だが、どんどん傲慢になって癇癪《かんしゃく》ばかり起こして粛清でも戦争でも苛烈すぎた！　そんなことしりゃみんなついていけなくなる。本能寺の変を招いたのは信長様の自業自得だ！　光秀のせいにしてんじゃねぇよ！」

「ぐうぅっ……！」

織愛は衝撃を受けたように後退った。

（さすが秀吉……俺もそこについては同じ意見なんだよな……）

信長の自業自得――。

いろいろとやりすぎたのだ。

「そっちの兄ちゃんは明智光秀か？」

「……そうらしいけど、俺には前世の記憶がないんだ」

「そうか。どうせまた信長様にこき使われてるんだろうが、いい加減なところで離れとかねぇとまた謀反起こすことになるぜ？」

「そ、そんなことない！」

慌てて否定するも、トヨは冷静だった。

「現に俺を拉致するなんていう犯罪に加担させてるじゃねえか？　まあ、俺も信長様には感謝してるから、そんなマネしねぇがよ。というわけで信長様。俺を解放してください。今回のことはなかったことにしときますから」

「……ちっ、俺の負けだ。やっぱりおまえは有能な奴だよ、秀吉。むかつくほどにな」

織愛は舌打ちしたものの、トヨの主張自体は認めたようだ。

そのあと、再びバイクで運び公園でトヨを解放した。

別れ際――。

「光秀。現世で幸せになりたかったら信長様に関わらねぇほうがいいぞ。信長様は戦国の世には必要な方だったが、今の平和な世の中じゃ周りを乱すだけだ。……その戦国時代でも最後は討たれちまったんだからな」

「てめぇ！　最後の最後で余計なことを言うんじゃねぇ！」

「俺は本当のことを言ったまでだ。信長様も光秀を現世でもこき使ってるといずれは裏切られることになるぜ？　これは前世で世話になった秀吉からの忠告だ。あばよ！」

秀吉は手を振ると、夜の闇の中へ消えていった。

「ちっ……最後までむかつく野郎だったぜ……」

「織愛、気にしちゃダメだよ」

「あ、ああ……でも、正直、一理あると思ったのも確かなんだよな……くそっ！」

織愛は頭をかきむしる。

(俺に前世の記憶があれば……)

でも、やはり信長が横暴だったことが本能寺の変の原因のひとつではある気がする。

(……だけど、前世は前世、今世は今世なんだから……)

和治はそう頭を整理するも、織愛は割り切れないようだった。

バイクで和治を送っていく途中、織愛はずっと無言だった。

●　●　●

あれから織愛は学校を休み始めた。

（……織愛、先日の件を気にしてるんだろうな……）

秀吉の言葉に説得力があっただけに、織愛の心は揺れているのだろう。

それでも和治は生徒会室に来て、雑務をこなす。

「生徒会室ってこんなに静かだったんだな……」

ただひとり黙々とパソコンを操作する。

そこで――ドアが不意に開かれた。

「……織愛⁉」

「……おう」

寝不足なのか目の下にクマを作った織愛が入ってきた。

「……和治。今まで振り回して悪ぃな。……オレ、生徒会長をやめようと思うんだ」

「えぇっ⁉」

思わぬ言葉に和治は固まってしまう。

「……オレはやっぱり常識がなさすぎるんだよ。秀吉の言うとおりだ。だから、おまえもオレなんかとつきあわずにほかの女と一緒になったほうが幸せになれるんじゃないか？」

「ちょ、ちょっと、織愛！　らしくないよ」

「……ははっ、らしくない、か。そうだな。でも……また同じことを繰り返しておまえに裏切られたりしたら、オレ、もう耐えられそうにねぇ。なら、今のうちに関係を清算しておくのもありかなって……」

以前からは考えられないほど織愛はネガティブ思考になっていた。

「俺は織愛を絶対に裏切らないよ！」

「へへ……前世でもみんなそう言ってたんだ。でもな、みんな最後には裏切ったんだよ。ともかく、一旦、俺たちの関係は白紙に戻そうぜ。……じゃあな」

それだけ言うと織愛は生徒会室から出ていってしまった。

「………どうしたっていうんだよ、織愛……」

和治としても困惑するばかりだった。

「……俺、どうするべきなのかな……」

再び元の織愛に戻ってほしいが、織愛自身は前世の失敗を繰り返すことを恐れている。

これは難しい問題だ。

（……織愛は俺を振り回すことに負い目を感じてる？　なら……俺自身がやりたいことをやってるってことをアピールすればいいのか？）

初めは無理やりやらされた生徒会の手伝い。

だが、今ではとても楽しい。

「……そうだ。織愛の手伝いじゃなくて、俺自身が企画を出して生徒会として活動すればいいんだ」

それですべてが上手くいくかはわからないが、織愛に生徒会長をやめさせることは絶対に防がねばならない気がしていた。


それから和治は怒涛の勢いで活動を開始した。

ＳＮＳを駆使して生徒たちにアンケートを実施し、情報を集める。

そして、『新たな学生服の導入をする』という改革を推し進めることにした——。


二週間後——。

和治は生徒会室に織愛と教師陣を呼び寄せた。

「和治、オレをこんなところに呼んでどういうことだ？」

織愛は不安そうな表情だが、ちゃんと来てくれたことはありがたかった。

一方で教師陣は「またなにか生徒会が変なことを始めた」というような表情をしている。

（ここは俺の腕の見せどころだ！）

これまではあくまでも織愛の補佐だった。

しかし、今日は違う。自分が主役だ。

「これが俺の考えた学生服を刷新するための計画です！　書類をご覧ください！」

和治が渡した書類を受け取り、織愛と教師陣が読み始める。

「ふむ……イージーオーダーの技術を元にレーザーによる生地の裁断を行ってフィット感を上げコストを下げる……生徒たちによる人気投票で選ばれた制服を採用することによって学外でも話題になり志願者数も増える……」

「はい、ぜひこの案を採用していただきたく思います。そうすれば学園にとっても生徒にとっても大きな利益になります」

そして、生徒会にとっても大きな実績となる。

「ううむ……ここまでしっかり調べ上げているとは。確かにこれは志願者数が低迷する我が校にとっては大きな改革となる」

「はい。俺たち生徒会はこれまでさまざまな提案をしてきましたが、すべては学園と生徒のことを思ってのことです。……そうだろ、織愛？」

「――っ⁉　あ、ああっ！　そうだ。オレは私利私欲で動いてきたわけじゃねぇ。すべてはみんなのことを思ってやったことだ！」

いきなり話を振られた織愛は驚いたようだったが、すぐに頷いた。

「ふむ………。どうやら私は君たちのことを誤解していたのかもしれない。生徒たちから絶大な人気を誇る君のことを、あるいは私は嫉妬していたのかもな……」

校長はどこか悟ったような表情をしていた。

「君たちの改革を受け入れよう。これからもよろしく頼む」

校長の決断に周りの教師陣は驚いたようだが、最終決定者が落ちたのだ。勝利は確定したようなものだ。

（この戦い、なんとか勝てた。あとは――）

「織愛、これからも俺と一緒に生徒会をがんばろう。やっぱり織愛がうちの学園の生徒会長じゃないと」

和治の言葉に、織愛は瞳を潤ませる。

涙がこぼれそうなところで、慌てて袖で拭った。

「……お、おうっ！　そうだなっ！　これからもよろしく頼むぜっ！　オレにはやっぱりおまえが必要だ！　よーし！　これからもみんなのためにガンガン改革をしていくぜ！」

最後には以前のような自信に満ちた笑顔を取り戻した織愛を見て、和治はホッと胸を撫で下ろした。

●
●
●

「よし、もう一回再生するぞ！」

「恥ずかしいからもうやめろって！　ったくよぉ……しょうがねぇなぁ〜」

和治が自室のパソコンでネット動画配信サイトを開くと『学園を改革する型破りな美少女生徒会長』というタイトルで織愛への取材をしたテレビ局の動画が流れた。

あれからさまざまな改革を実行し、そのいずれもが成功を収めたのだ。

華蘭が撮影前に織愛の化粧とヘアメイクをして美貌が強調されたこともあり、反響は凄まじかった。

「まさか、ここまでトントン拍子に物事が運ぶとは思わなかったぜ。和治と華蘭に出会う前の俺は、あまりにも強引すぎてたよな……」

織愛は反省したように頭をかく。

「でも、それが織愛のよさだから」

今でも信長が現代人の心を引きつける理由のひとつは、その行動力だろう。

(前世の俺も今世の俺もそこに魅力を感じたんだろうな)

改めて、そう感じる。

「……でも、結局、光秀がオレを裏切った理由はわからねぇままなんだよな……」

「……たぶん光秀は魔が差したんだよ。優秀な自分ならもっと世の中をよくできるって思ったのかもしれない。でも、やっぱり、信長は必要だったんだ。いくら優秀でも人には器っていうのがある。現世でも、俺には生徒会長はできないって思ったしさ」

もし和治が生徒会長になっても学園の改革はここまで成功しなかったろうし、メディアに取り上げられて人気になることもなかっただろう。

「やっぱり織愛には人の上に立つ器があるんだよ。それに、その、すごい美少女だしさ」

「ちょっ、照れるだろ、そういうこと言うなよっ！　……ったく、そんなふうに女扱いされたら……したくなってきちまうじゃねぇか」

「俺もだよ」

「へへっ♪　意見が一致したな。それじゃ、するか！」

「ああ。今日も家には俺たちしかいないし、それじゃ浴室に行こうか」

「おう、望むところだ！」

ニカッと歯を見せて笑う織愛に、和治の頬も自然に緩んだ。

「よし、それじゃあ今日は……たまには俺の男らしいところを見せてみようかな」

全裸になって浴室に入ったところで、和治は織愛を後ろからM字開脚になるように持ち上げてみせた。

「おおっ、すげえな！　意外と力あるんだな！」

「縁の下の力持ちタイプで目立たないけど、やるときはやるのが俺だよ」

「ははっ、やっぱりおまえは味方にすればこんなに頼もしい存在はねぇ」

「うん。俺はこれからも織愛の味方だよ」

その言葉を証明するように和治は勃起した肉棒を割れ目にこすりつけていく。

「くぅう♪　もうこんなに大きくしやがって……♪　んっ、ふっ、はぁあっ♪　やべっ、前よりも、ずっとオレ、感じやすくなっちまってる♪」

「いいよ、織愛。もっと感じて」

和治は腰を振って、亀頭を愛液で濡らしていく。

「和治のヌルヌルチンポとマンコがこすれるの本当に気持ちいいぜ♪」

「俺もだよ。というか、もう入れたくなってきた」

「いいぜ♪　じゃあ特別にエロいおねだりの仕方してやる♪　華蘭からいろいろと教わったからな♪　ちゃーんと耳かっぽじって聞けよ♪」

そこで軽く咳払いしてから、織愛は発情しきった甘いメス声を出し始めた。

「和治ぅ♪　濡れ濡れになった淫乱マンコにおっきくてビンビンになってるチンポでズポズポしてぇ♪　赤ちゃんの部屋に白いおしっこいっぱい出してぇ♪」

華蘭直伝のおねだりヴォイスと、いつものとのギャップに和治の興奮は最高潮に達した。

「ああっ、かわいいよ織愛！　入れるよ」

和治は猛りきった肉棒をグチョ濡れの膣内に突き入れた。

「ふあぁああああんっ♪　オチンポきたぁあぁあぁあーっ♪　あぁあぁあぁあーーー♪　んん

んんんんーーーーーー♪　オレ入れられただけでイッちまったあっ♪」

いきなり激しく膣肉が痙攣《けいれん》し、狂おしく収縮してくる。

「くうぅっ！　やっぱり織愛のオマンコは名器だよ」

「茶器収拾が趣味だったからな♪　そんなオレのマンコは当然名器ってなわけだ♪　んんんんぅ♪　っていうか、おまえのも立派ですげぇイチモツだぜ♪」

「ふふ、織愛には負けるよ。それじゃ、いくよ！」

和治は肘から先を上げては下ろすというバーベルを使うような動作で織愛の腰を持ち上げ抽挿していく。

「はぅんっ、あああぁ♪　ふあぁぁん♪　これ、気持ちいい上にすっげえ楽しいじゃねえかっ♪　もっともっと揺らせーっ♪」

織愛は無邪気にはしゃぎ、弾んだ声をあげながら自分からも体を揺らしてきた。

その共同作業によって、より深いところまで性器がハマりこんでいく。

「くぅう！　子宮口がチンポにめりこむっ！」

「あぁあ♪　ゴリゴリされるの気持ちよすぎてゾクゾクするぜっ♪　くあぁああ♪　これ、やばいっ♪　この体位すごすぎるぞ♪」

「気に入ってもらえてよかったよ」

事前調査が好きな和治は今日のためにいろいろな体位を調べていたのだ。

「本当に和治は有能だな！　いつもオレの想像以上のことをやってのける！」

「織愛こそ！　いつもとんでもないことをしてくれるから楽しいよ！」

お互いを認めあい、高めあい、昇りつめていくことは実に気持ちがいい。

和治はこの上ない充実感を覚えながら、力強いハードピストンを繰り出していった。

「うぐぅっ、くうぅぅ♪　すげぇたくましいぜっ♪　この格好でガンガン犯されてると女に生まれてよかったって思える♪　はうんっ、ひうぁぁあんっ、くふうんっ♪」

「俺も織愛が女に生まれてくれてよかったって思うよ！　こうしてチンポとマンコで愛しあえるんだから！」

和治は四肢全体に力を入れて、丸太で城門を破壊するかのような勢いで肉棒を叩きこんでいった。

「おぉおおおっ♪　ふぁあああああっ♪　すげぇ、壊れちまうぅう♪　無茶苦茶にチンポ突っこんでもらえるのすげぇ幸せだぁああ♪　このまま中に出してくれぇええええ♪」

「でも、今日は大丈夫な日なの？」

「バッチリ安全日だぁ♪　だからオレのオマンコにいっぱい出してくれぇ♪　ふあぁぁあ、ああああぁああああ♪　おまえの精液ほしいいんだぁぁああ♪」

愛する人から中出しを求められることでより興奮が煽られた。

やはり、この瞬間はたまらなく興奮する。

「織愛！　かわいいよ、織愛！」

男言葉を使っていようとも、織愛は可憐な乙女だ。

(ほんと、織愛は日に日にかわいくなってるよ！)

初めて出会ったときは恐怖しか感じなかった。

しかし、今はこんなにも愛おしい。

「かわいいって言うなぁ♪　いや、もっと言ってくれっ♪　あぁぁ♪　おまえのおかげでオレは女としての喜びも悦びも知ったぜ♪　これで完全に前世を振りきれそうだっ♪」

織愛の晴れ晴れとした声に、和治の心も温かくなっていく。

(そうだ。前世は前世として……今世で幸せにならないと！)

過去は変えられない。

ならば——今を積み重ねて未来をよりよいものにしていく。

(それができる。俺たちなら！)

過去の主従関係を越えて——今、心と体もひとつになっていく。

「ひぃぃんっ♪　ふぁぁああ♪　ひゃうぅぅうっ♪　ああぁっ♪　イクうっ♪　和治との本能全開セックスでイクぅうううううう♪　ひあんっ、ふっあぁぁああっ♪」

「織愛、俺も出るっ！　織愛の中にっ、オマンコの奥でいっぱい射精するよっ！」

子宮口が亀頭を咥えこみ、もう離さないとばかりに締めつけてきた。

その思いに応えるべく――和治は残りの力を振り搾って抽挿を繰り返した。

「おぉおおおお♪　奥にドンドンって当たってるぅ♪　すげぇ、和治すごいぜ♪　さすが俺の愛する男だぜぇええええ♪」

「織愛だって最高の女だよ！　織愛に現世で会うことができて本当によかった！　くぅうう！　出る、出るうっ！　うっあああああああああーーーーーーー！」

「ふあああぁぁーーーーー♪　イク♪　イックーーーーーーーー♪　はぁあああああーーっ♪」

お互いに激しく絶叫しながら、幸せな絶頂を迎えた。

快楽だけでなく至福感が高まり、際限なく拡大していく。

「あぁああんっ♪　はぁああああぁ♪　和治の精液ぃ♪　中にいっぱい入ってきてオマンコの奥がキュンってしてるぅ♪　すげぇ、なんて幸福な気分なんだ♪　ああぁああああ♪」

子宮口が亀頭に吸いついたまま、膣襞全体が大きく脈動し続ける。

「くぅう！　織愛のオマンコ、スケベすぎる！　やっぱりすごい名器だっ！」

「和治のだってすげぇイチモツだぜ♪　グリグリめりこみながらまだ熱い射精を続けてきやがる♪　あ、ああぁっ♪　んっ、やべぇ♪　こんなに出されたら、またイク♪」

再び強烈な収縮が発生して、根元から竿にかけて搾られる。

「うっぐっ！　あっ、ああぁ！　まだ、出るっ！　うあああ！」

「はあぁあああああっ♪　また子宮に熱いの入ってきたぁああ♪　ほんとオマエは絶倫

だなぁ♪　こんなに立派なものを持ってたらハーレムだって作れるぜっ♪」

　そう言われて、和治の脳裏に華蘭のことがよぎった。

「和治……オレはよ、器の大きい女だから、もちろんおまえを独り占めしようなんてケチなことは考えてねぇぜ。そもそも華蘭にはずいぶんと世話になったしな」

「織愛……」

「おまえの考えてることはお見通しだぜ。あいつのことも幸せにしてやってくれ。……ま、オレも前世じゃさんざん多くの女との間に子を作ったしな！」

　結合を解いた織愛はこちらを向いてニヤッと笑った。

第六章　恋～外の世界で結ばれて～

「ハルー♪　今日はデートにつきあってくれてありがとー♪」

「あ、あぁ。俺こそ、最近は華蘭ちゃんのこと構ってあげられてなくてごめん」

和治は久しぶりに華蘭と出かけ、映画を見て、食事をして、ラブホへ行った。

あたりは暗くなってきつつある。

「おりっちも大変だったからねぇ～。ま、でも、よかったんじゃない。雨降って地固まるっていうし～」

やはり華蘭といるとリラックスできる。

肩肘張らずにつきあえる関係と言えるだろうか。

(織愛みたいに前世で滅ぼしたとかじゃないもんな……)

花魁《おいらん》と馴染み客という関係なら、相思相愛だったのではないかと思う。

(でも、そのあとはどうなったんだろうな……身請けしたって話は聞いてないんだよな)

もしそうなら完全にハッピーエンドだったはずだ。

そして、その話を華蘭はしてない。

（俺たちの前世の結末は、どうなったんだろうか……？）

そこで和治たちは、ヨーロッパ系の外国人が路上で絵画を売っているところに出くわした。

華蘭が足を止める。

「わ～♪　センスいい絵～♪　ハル、ちょっと見ていこ～よ♪」

「あ、ああ」

路上に並べられた絵は、日本語の説明文によるとフランス在住の無名画家が描いたものだそうだ。

（……なかなかいい絵だな……）

特にドレスを着て傘を指したフランス人形のような少女が後ろ姿を見せて海を見つめる絵は、理屈ではなく本能に訴えかける美しさがあった。

その小さな絵を華蘭は手にとる。

「これ、すごくいいね～♪」

金髪碧眼の路上画商は彫りの深い顔に親しみやすい笑みを浮かべた。

「オオッ♪　その絵ほしいデスカ？　そのサイズでしたら五千円でいいですヨ！」

「五千円かぁ～。買っちゃおうかなぁ～？　でも、これ買ったらデートの費用が……」

「俺が買ってプレゼントするよ。最近、華蘭ちゃんのこと放置気味だったし……」

「ううん、それは悪いよ～」

「じゃ、半分出すよ、今日の記念に。華蘭ちゃんにはいつも世話になってるしさ」

今日もラブホではかなり濃厚なサービスをしてもらったあとだ。

「うーん……じゃ、お言葉に甘えちゃおっかな～♪」

ふたりで二千五百円ずつ出して、絵画を購入することにした。

「ン～、マダ若いふたりのタメに千円負けてあげるヨ！　フランスではドコの家ニモ絵があるのに日本人は全然絵に興味ナイ！　それなのに絵に興味持つノハ素晴らしいヨ！」

「わあ、ありがと～♪」

結局、路上画商からは四千円で絵を手に入れることができた。

（普段なら通りすぎてしまうだろうけど、華蘭ちゃんといるといろいろなことに気がつくことができるな）

絵を紙袋に入れて再び歩き始めるが――なぜか華蘭の表情は悲しそうに曇っていた。

「どうしたの、華蘭ちゃん？」

「ごめん、ハル……ちょっとアタシ、昔を思い出しちゃってさ……アタシさ、花魁として感性を磨く必要があったし芸術そのものが大好きで、それが誇りだったんだよね……でも、アタシが前世で必死に学んだことって、現代では、もう、ほとんど必要とされてないんだなって。この絵画を描いた人みたいにね……」

和治は言葉に窮した。

（……俺は華蘭ちゃんが前世でどれだけ努力してきたか、そして、苦労してきたかを知らないんだよな……）

華やかな花魁だが、その境遇の辛さはネットで調べるだけでもわかる。

ただ、その知識をもとに話をあわせたことで安い同情にしかならないだろう。

「あ、ごめんっ、アタシらしくないよね、こんな話して……」

「いや、謝ることなんてないよ。華蘭ちゃんがこういう話をしてくれたことを俺は嬉しく思う」

「……ありがとう。アタシ、本当に前世が大好きだったんだね……花魁になるまで恥辱の限りを味わったけど　それでも本当に楽しかった……」

華蘭は遠い目になり、前世に思いを馳せているようだった。

「……アタシ、好きな人と結ばれたことが前世ではなかったから今世でそれが満たされて幸せだって思ってたけど……でも、前世への執着ってそう簡単に消えるものじゃなかったんだね……」

いつも明るい華蘭だが、今日はどこか儚げだ。

「……俺と華蘭ちゃんは前世ではどうなったの？　前世では結ばれなかったたってことは……身請けはできなかったんだよね？」

「…………アタシが花魁だった頃は身請けの金額が異常なぐらい高くなっててさ。前世のハルに支払わせたら商売が危なくなりかねない……それぐらいの金額だったの……だから通ってくれるだけでいいってアタシは何度も言ったんだけど、ハルは聞かなかった……」

華蘭は、懐かしさと悲しさが混じった表情で語る。

「……そのあと、ハルの店は潰れちゃったらしくてさ。もう遊郭に来ることはなかった……。でもね、最後に会ったときにハルは外でアタシに見せたいものがあるって言ってた。それだけはずっと気になっているんだよね……」

前世の記憶がない和治は、それがなんなのかわからない。

「……って、ごめん、ハル！　今のは聞かなかったことにして！　こんな話しても仕方ないのに！」

「……いや、よく話してくれたよ。そうか。俺、華蘭ちゃんとそんな約束を……」

その『約束』が今も華蘭のことを縛りつけてしまっている気がする。

(……昔の俺、不甲斐なさすぎるな……そこまで遊郭に通って華蘭ちゃんといい仲になっておきながら身請けできずに店を潰しちゃっただなんて……)

和治としても申し訳ない気持ちだ。

(結果として華蘭ちゃんはその後もほかの男と結ばれなかったんだろうし……)

「ハル、気にしない気にしない～♪　もう過ぎたことっていうか二百年ぐらい前の話だからね～♪」

常に気づかいのできる花魁ギャルは、こんなときでもしっかりとフォローしてくれる。

（……でも、気をつかわれてばかりじゃダメだよな。なんとか華蘭ちゃんには過去の罪滅ぼしと日頃の感謝をこめて、なにかしてあげたいところだ……）

そのためには『約束』を思い出すことが一番だが、どうしても前世の記憶は甦らない。

（考えろ和治。思い出せないのなら、それがなんだったのか考えるしかない）

「ハル、気にしなくていいってば〜♪　今度デートしてくれたらいいからさ〜♪」

華蘭はニコッと笑うと、恋人繋ぎで指を握ってきた。

「あ、ああ。そのうちデートに誘うよ」

過去に比べたらささやかすぎる『約束』をして、和治は華蘭と帰り道を歩いていった。

●　●　●

そして、後日――。

和治は華蘭を誘った。

デートではなく、旅行に――。

「ハル、お待たせーーっ♪　あはっ、緊張しちゃうねぇ〜♪　まさかこんなサプライズに誘ってもらえるとは思わなかったよ〜」

「うん、ぜひ華蘭ちゃんに見てもらいたいものがあってさ」

考え抜いた末に――和治は『約束』がなんなのか推測した。

そして、それを見せるには今しかない。なので、急遽一泊二日の滋賀《しが》旅行を強行することにしたのだ。

「ねえ、ところでなんで滋賀なの～？　教えて教えて～♪」

「ああ、明智に縁のある場所だからさ。俺の前世が明智の血を引く商人だったたっていうんなら、おそらく故郷は滋賀じゃないかと思って」

出生地についていはいろいろな説があるが、和治はなぜか滋賀に強く惹かれたのだ。

「なるほど～！　確かに江戸の生まれじゃないって言ってたよ～！　詳しい出身地は聞かなかったけど～」

華蘭は瞳を輝かせる。

「おそらく、そこに求めていた答えがあるはずだ……きっと」

確証はない。だが、これであっているという予感がしていた。

これまでにない感覚だ。

「それじゃ、行こうか」

「うん♪　れっつご～♪」

ふたりは地元駅から電車を乗り継いで、滋賀県に向かった。

（……明智光秀が滅ぼされたあとに逃れて生き残った一族がいたのかもな……）

あるいは明智といってもかなり遠い親戚の家系かもしれない。

ともかく、今はわずかな手がかりと直感を頼りにするしかなかった。


「ねーえ、ハル？　まだ目隠し外したらダメ～？」

「焦らなくても大丈夫だよ。ちゃんと腕時計にタイマーを仕掛けておいたからさ」

和治は夕暮れすぎに滋賀県の河川敷に到着し、華蘭を後ろから抱きしめて座りながら夜が来るのを一緒に待っていた。

(滋賀県のことを調べていて、なぜかこの河川敷のことが気になったんだよな)

まるでなにかに導かれているかのようだった。

そして、その河川敷がとある『名所』だと知ったときは不思議な気持ちになりつつ納得したのだ。おそらく、ここが前世で華蘭に見せたかった場所だと。

「よし。そろそろいいかな。華蘭、目隠しを外すよ……」

「うん。不安と期待でドキドキだよ～」

和治は華蘭の目隠しを外した。

「えっ？　この黄緑色の光って……もしかして、ホタル？」

「うん、そうだよ。ここは昔から蛍の名所みたいなんだ。だから、おそらく……前世の俺は故郷のホタルを華蘭ちゃんに見せたかったんじゃないかな」

推測でしかない。

だけど、なぜか妙な確信があった。

「そっかぁ～♪　確かにそうかもっ♪　アタシが自由に外に行けない境遇を憐れんでくれてたしホタルを見せたかったのかも～♪　わぁあ、ほんと、ホタルがいっぱい～♪」

華蘭は立ち上がると、蛍の光を追い回して笑みを弾けさせた。

「あはは♪　すごいすご～いっ♪　よーし動くな！　捕まえちゃうんだから～♪　わぁい、ゲットぉー♪　ん～、でも、自由が奪われるのはかわいそうだから、すぐに解放～♪」

華蘭は子どものように無邪気にホタルを追いかけ、捕まえては離すということを繰り返した。

（……ああ、俺は確かに前世でこういう華蘭ちゃんを……自然体で無邪気に振る舞う華蘭ちゃんを見たかったのかもしれないな……）

遊郭という場所で磨き抜かれた一流の花魁ではなくて。

ひとりの女の子としてありのままの華蘭を見たかった――。

そんな気がしてならなかった。

「あははっ♪　ちょっとはしゃぎすぎちゃった～♪　ちょっとひと休み～♪　それにしてもすごいサプライズ～♪　こんなにホタルをいっぱい見られるなんて～♪」

華蘭はこれまでにない晴れ晴れとした表情だった。

「アタシ、前世の記憶をガッツリ持ってたからさ～、現世では子どもの頃から大人びてたんだよねぇ～。当然っちゃ、そうなんだけどさ～。……でも、こうしてハルにホタルを見せてもらったら吹っ切れたというか、前世が花魁ってことがどうでもよくなってきたよ～♪」

華蘭はこちらの肩に顔を寄せ、ホタルを眺めながら話していく。

「前世でも今世でもこんなに尽くしてもらって、アタシは本当に幸せ者だと思う。前世はもう一度ハルに会いたいって願いながら死んだんだけど……こうして願いが叶ったんだか

ら神様っているのかもね～」

花魁からギャルへと姿を変えても、純粋な願いは続いていた。

それが奇跡を起こしたのかもしれない。

（……前世の記憶を俺はまったく持ってなかったのに、こうして再び出会えたんだからな……これは運命としか言いようがないよな……）

たとえ前世では悲恋に終わっても、今世ではこうして結ばれることができる。

それは、とても幸せなことだと思えた。というよりは、救いがあると思えた。

「バッドエンディングで終わったままの物語なんて悲しいしねぇ～♪」

その笑顔の裏側にどれだけの悲しみや辛さがあったのか。

和治は、推し量ることしかできない。

「まあ、暗い話はおいておいて～……せっかくだから、思い出作らないとね～♪」

華蘭はこちらに向かいあわせになるよう座った。

「対面座位でしようよ～♪　でも、その前に～、はい、おっぱいぽろん～♪」

華蘭は胸元をはだけさせて、豊かな乳房をさらけ出した。

そして、こちらの後頭部に手を回して抱き寄せてくる。

「前世でも今世でもハルはやっぱりアタシの最愛の人なんだって思うねぇ～♪　ハルっ、好きっ♪　大好きぃ～♪　むぎゅー♪　むぎゅぎゅぎゅぎゅぎゅ～っ♪」

顔面をこれでもかと乳房に押しつけられる。

長旅で汗ばんだ体はいつも以上に華蘭の香りを強めていた。

（やはり華蘭ちゃんに抱かれると安心するな……）

和治は唇を乳首につけると、赤子に戻ったように吸い始めた。

「んっ、ふぅっ♪　はあんっ、ああんっ♪　それっ、すっごく感じちゃうっ♪　甘えん坊ハルだぁ～♪　よしよし～♪」

優しく頭を撫でられながら、硬くなっていく乳首を吸い続ける。

もちろん、和治の肉棒も勃起していった。

「んふふ～♪　この位置だとハルのオチンチンがおっきくなるのよくわかるねぇ～♪」

「華蘭ちゃんの乳首が硬くなっているのもよくわかるよ。ちゅうう！」

「あはは～♪　お互いさまかぁ～♪　んくふっ♪　はあっ、ああん♪　そんなにおっぱい強く吸われたら乳首伸びちゃうよお～♪　んふぅう♪　はうぅうう～♪」

華蘭は軽い絶頂を迎えたように体を痙攣《けいれん》させる。

愛液が滲んだのか、これまでの香りとは違う本能を刺激する匂いが漂った。

「はあ、ああんっ、ふうぅ♪　今日はいつもより感じちゃうぅ♪　体中がオマンコみたいになってるよぉ～♪　ハルっ、お願いっ、もっとおっぱい吸ってぇっ♪」

華蘭はさらに和治の頭を抱き寄せ硬い乳首を口に含ませる。

それに応えて和治は大きく口を開き、乳首どころか乳輪ごと吸いこんだ。

「ひあぁぁあぁあん～～♪　ハル、それすごい♪　ふあぁぁあああっ♪　イク♪　おっぱいでずっとイッてるぅう♪　ひやあぁぁあんっ♪　気持ちいい♪　気持ちいいよぉお～♪」

華蘭が悦ぶたびに心が満たされていく。

だから、その声をもっと聞くために硬い乳首に吸いつき、舐めしゃぶり、軽く歯を立て、思いつく限りの愛撫をした。

「ひぃいんっ♪　ひああっ♪　あはぅっ♪　くふんっ♪　ふううんっ♪　ハルにおっぱいいじめられてオマンコまでキュンキュン響いてくるよぉ～♪」

そして、和治の股間に向かって華蘭は体重をかけて揺さぶってくる。

(ほんと華蘭ちゃんはエロくて最高だな)

もうズボンの中が窮屈で仕方ない。

「ふふふ～♪　そろそろヌルヌルになってきちゃったし、パンツも脱いじゃお～♪　ハルもチャックからオチンチン取り出して～♪」

「ああ」

「外でオチンチンとオマンコさらけだすって背徳的な感じで興奮するねぇ～♪　ふふっ、それじゃあ今度は素股で挿入準備～♪」

今日このときを長く味わうためか、あえて華蘭はすぐに挿入してこなかった。

「せっかくの旅行セックスだし長く楽しまないとねぇ～♪　あはっ♪　ハルのオチンチンすっごい反り返ってるぅ～♪　んふぅっ♪　ふああ♪　あはあんっ♪」

華蘭はグチョ濡れになった割れ目を押しつけ、肉竿をこすりあげてきた。

（くぅっ、入るか入らないか絶妙の素股だ）

愛液によって潤滑された淫裂は今にも肉棒を呑みこんでしまいそうだった。

「あぁ、華蘭ちゃんっ、くぅうっ……！」

「あんっ、くふっ、ふううっ、はあんっ♪　わかる、ハル？　アタシのオマンコがグチョグチョになってるの」

「わかるよ、すごい濡れてるっ」

華蘭は腰をグネグネ動かしながら、割れ目を小刻みに押し当ててくる。

「んふぅっ、ひああ♪　アタシのお豆、クリトリスがオチンチンにこすれてるぅ♪」

ぷっくり膨らんだ肉芽が亀頭に当たり、さらに刺激が強まった。

「ぐうっ⁉　お、おおぉっ！　華蘭ちゃんのクリトリス、チンポにこすれて気持ちよすぎるっ……くぅああっ⁉」

肉芽と接触した途端、電気が流れたかと思うほど鋭敏な快楽が走った。

（華蘭ちゃんのクリトリスって、けっこう大きいんだよな）

だから、素股だけでもイッてしまう危険すらある。

「ハルっ、大丈夫？　オチンチン、イタイイタイしちゃったかなぁ～？」

「い、いや、感じすぎただけだから大丈夫……でも　もう、高ぶりすぎて、華蘭ちゃんの中に入れたいよ」

「あはっ、そうだよね～♪　ピュッピュするならオマンコの中じゃなくっちゃね～♪　アタシも今日は絶対に中に出してほしいって思ってるし～♪」

華蘭は腰を上げると、膣口に亀頭に押し当ててくる。そして――、

「それじゃあ、ハル～♪　いっくよ～♪　んっんぁああ～～～～♪」

「うぁぁあっ」

フル勃起した肉棒が熱い膣内に呑みこまれていった。

肉襞は瞬時に絡みつき、舐めしゃぶるような動きをしてくる。

「あはぁんっ♪　すごいっ♪　ハルのオチンチンすごいよぉ♪　あああっ♪　なにこれっ、どうしよぉ♪　ハルを気持ちよくしてあげたいのに気持ちよすぎて動けないぃ～♪」

「俺も気持ちいい。いつもより華蘭ちゃんのオマンコを感じるよ」

華蘭はプルプルと体を震わせながら愛液を滲ませてくる。外でセックスすることで五感が研ぎ澄まされるのか、ゾクゾクするような快楽が背すじを駆け抜けていった。

「ふふ、ホタルが飛んでいる中でセックスするなんて前世でも今世でも思いもしなかったなぁ～♪　ハル、ありがとう♪　ここまで連れてきてくれて～♪」

「礼を言うのは俺のほうだよ。俺のことを今世でも覚えていてくれてありがとう」

改めて華蘭の体を抱きしめると、ゆっくりと腰を動かし始める。

それだけでヌチュヌチュという艶めかしい音が結合部から漏れ出た。

「はぁん♪　すごいっ、いつもより気持ちい～♪　オマンコ全体でハルの勃起オチンチン感じちゃうぅ～♪　んふぅうっ♪　あはぁん♪　あふぅううっ♪」

華蘭はこちらに抱きつきながら、腰を振ってくる。

乳房がプルンプルンと揺れて、頬に心地よい温もりを感じた。

「あぁ、華蘭ちゃん、華蘭っ……！」

和治も突き上げピストンをして、快楽を増幅させていく。

あたりではホタルが乱舞していた。

「はんっ♪　ふっ、くふぅんんっ♪　なんかロマンチックだねぇ～♪　こうしてホタルがいっぱい飛んでる中でセックスするなんて～♪」

「ああ、なんだか野外でセックスするって新鮮だ」

あるいは、もし自分たちがホタルに転生していたとして。

そのときも、こうして外で交尾したかもしれないと思えた。

「あぁっ、イク♪　イキそう♪　イキたい～♪　ハルと一緒にアタシ、イキたい～♪」

「俺も華蘭ちゃんとイキたい！」

華蘭の体が跳ねるたびに感覚が溶けあった結合部がさらに熱くなり、快楽が強烈なものになっていった。

「う、くっ……」

もっと味わいたいのに、際限なく射精欲求が膨れ上がっていくばかりだ。

「ハルぅ♪ もう出ちゃいそうなのっ？ んんぅっ♪ アタシも赤ちゃんのお部屋疼いてきちゃってるっ♪ オチンチンくっついてくるぅ♪ イクッ♪ イッちゃううぅう～♪」

膣内の収縮が切迫したものになり根元から締めつけられる。

（こうやって精液を搾ろうとしてくるんだから人体ってすごいよな）

自然の中で性交しているからか、いつもよりも神秘的な気分になる和治だった。

「ハルっ、もっと、強く、強くぅ～っ♪ はぁん♪ んんぅう♪」

「華蘭ちゃんっ！ ああっ！ くううっ！」

絶頂が近づく。

それでも愛しい人と一秒でも長く繋がっていたい。

だが、限界はいつかは訪れる。

「あぁああ！ 華蘭ちゃんっ、出すよっ！ 中にっ！」

「うん、出してぇ♪ いっぱい中に射精してぇえええええええ♪ はあぁああああああああああ♪ イクぅううう～♪ ハルと一緒にイクぅーーーーーーーーっ♪」

てくるよぉぉお♪」

「きゃぁぁん♪　あああぁ♪　入ってくるぅ〜♪　ハルの精液ぃ〜♪　子宮にいっぱい入ってくるよぉぉお♪」


「うっ、はあぁあっ！　あぁあ！　うっうう！　くぅう！」

　和治は、思いっきり腰を突き上げて射精した。

　夜空に絶叫が木霊し、闇へと溶けていく

　和治は本能に従って腰を動かし続け、最愛の人へ向けて精液を放っていった。

「ああんっ、ハル♪　ハルぅう〜♪　オチンチン、こんなにずっと、どっくんどっくんってお精子さんいっぱい出してくれてる〜♪　嬉しいよぉ〜♪」

　華蘭も体を痙攣させながらもしがみつくように抱きついてくる。

（こんなに大量に射精したのって初めてだな……）

　だが、それでも――。

「あはっ♪　あんなにいっぱいお射精したのにハルのオチンチン硬いままだね〜♪」

「ああ、こんなこと初めてだよ」

「なら〜、もう一回できちゃうかなぁ〜？」

「うん、できそうだよ」

「あははっ♪　ハル、頼もしい〜♪」

　無邪気でスケべな笑みを浮かべる華蘭のことが、とても愛おしく思える。

蛍の光で照らされた笑顔は天使のようだった。

「かわいいよ、華蘭」

「ふふふ♪　名前呼び捨てにされるとやっぱり胸キュンだねぇ～♪　アタシのオマンコもキュンって疼いたよ～♪」

花魁流の気づかいとギャルらしい底抜けのエロさ。

その両方を兼ね備える華蘭は、やはり最高の女子だと思えた。

「それじゃ、また動かすよ」

「うん♪　きて、ハルぅ♪」

和治は華蘭を抱きしめると、再び突き上げピストンを開始した。

大量の精液と愛液でグチョグチョになった膣内は抽挿ごとに卑猥な粘着音を発生させて興奮を煽ってくる。

「んっ、ふっ、はあっ♪　あはあっ、ああん♪　すごくエッチな音してるぅ♪」

「ああ、エロくて最高だ」

ホタルが明滅を繰り返す中、自然と一体となって交尾する。

まるで世界にたったふたりだけの人間になったかのように錯覚してくる。

「はあんっ、ふぁあっ、あはっ、ああんっ♪　気持ちいいよぉ♪　イッちゃったあとだから余計に感じちゃう♪」

「俺も気持ちいいよ！　うっく、うう、あぁあっ！　腰振ってるだけなのに射精しているみたいに気持ちいい！」

「アタシもいいよぉ♪　気持ちいい～♪　ずっとイキ続けてるみたいぃぃ♪　オマンコのキュンキュン止まらないよぉ～♪　あはぁん♪　はうんっ、んはあぁぁ♪」

膣内が脈動を繰り返し、まるでポンプのように肉竿ごと精液を吸い上げてきた。

貪欲すぎる女性器に、和治は感動すら覚えた。

「うぐあっ、すごい！　エロすぎるよ、華蘭っ！」

「やっぱりエロいは褒め言葉だねぇ～♪　ふふっ♪　ハル、もう一回イこっ♪　精液また子宮にドビュドビュ出してぇ～♪」

「うん、華蘭っ！　一緒にイこう！　くぅううう！」

和治は最後の力を振り搾ってピストンを繰り出す。

「あはぁあああん♪　すごっ、激しいっ♪　ハル、ハルぅううう♪　好き♪　大好きだよぉ♪　愛してるぅううう♪　イクイクイク♪　イックぅうう――――――――♪」

「くあああああああ！」

目の前が真っ白になるような感覚とともに、再び精巣から熱い精液の塊が噴き出した。

(大好きな人に射精できるって本当に幸せなことだな)

心の底から、実感する。

「はぁぁん♪　あぁあぁぁあぁあん♪　ひぃん♪　出るぅ♪　お潮出ちゃうぅぅう〜♪」

射精のお返しとばかりに華蘭は潮を噴いた。

「ふぁあああぁ♪　ハル、アタシ、本当に幸せだよぉ♪　こんなに何度も愛してもらえて、中出ししてもらえてぇ♪　こんなに嬉しいことなんてこの世にないよぉ〜♪」

「俺も幸せだよ。これからも何度も、何度でもセックスするから。前世のぶんを取り戻すくらい幸せになろう」

「うん♪　ふふふ、ありがとう〜♪　前世で満たされなかったぶん、これからもいっぱい中出ししてもらうからよろしくねぇ〜♪」

笑みを浮かべる華蘭にハルは自らキスをした。

「ん、華蘭」

「ちゅぅう♪　ハル、ハルぅ〜♪　ちゅぅう♪　れろぉ♪」

下半身で繋がったまま、お互いの唇を、舌を貪りあう。

快楽に総動員されていた五感が戻り、ホタルの光を再び余裕を持って感じられるようになった。

「……綺麗っ♪　すっごく綺麗だね、ハル……♪」

「ああ、こんなに綺麗なホタルは見たことないな」

さきほどよりもホタルの数は増えており、眩しさを感じるくらいだ。

「ふふっ……♪　もしかしたら今この日本に生きている人でこれだけ綺麗な輝きを見たのはアタシたちだけかもねっ♪　最高のプレゼントだよ、ハル♪　こんなのほかの誰がお金を積んだってアタシにくれることはできないもん♪」

瞳の端に涙を溜めながら華蘭はとびっきりの笑顔を見せてくれた。

「ふふ、幸せすぎて涙出ちゃったよ♪　……前世のアタシはハルに会えなくなってから生ける屍みたいだった。ハルを愛する証拠として小指を切って渡していたから身請けをほかにする男もいなかったし、遊郭から一生出られなかった……。最後は重い性病で七転八倒の苦しみの中、生きたまま死体置場に捨てられて死んだんだよね……」

「――っ!?」

笑顔に隠されていた壮絶な過去に、和治は絶句した。

「華蘭、本当に済まない……前世の俺は華蘭ちゃんにそこまでさせておいて、なんて情けないやつだったんだ……」

「ううん、いいんだ。もう今が幸せだから♪　ほんと、願いが叶ってよかったよ。前世の記憶だけ残っていたら地獄だけど、こうして今世でハルと再会できたんだから♪」

二百年以上の時を超えて――。

悲しみに満ちていた結末は塗りかえられた。

「……もしかすると～、アタシたちが形として見ることができてないだけで、そんな縁が

この世には満ちているのかもね〜」

「そうかもな。こうして再び出会えたことは偶然じゃないのかもしれない」

合理的で理知的な和治だが、華蘭と織愛に出会ってからは輪廻や運命というものについて認めざるをえないと思った。

「ハル♪　アタシはまた来世でもハルを捜し続けるからね♪　例え結ばれない来世があっても、その次の来世で結ばれるようにがんばるっ♪　……でもさ、アタシの器は大きいからほかの女の子との浮気もオッケーだよっ♪」

それは織愛のことを指しているのだろう。

「優しいよな、華蘭も織愛も」

辛い死を迎えたからこそ、人に優しくなれるのかもしれない。

「優しいだけじゃなくて〜、やらしいアタシともう一回しよっかぁ〜♪」

いたらずっぽく笑う華蘭をハルは優しく抱きしめた。

第七章　ハーレム～幸せのかたち～

旅行から帰って、一週間後の日曜日――。

「ハルっ♪　おっはよー♪　今日もオチンチンさん元気～？」

「へへっ、どうだ？　朝起きたときに女ふたりからチンポを見られてるって状況は♪」

朝起きた和治は、いきなり華蘭と織愛から肉棒をしごかれていた。

「うぁあ、いいよ、気持ちいいっ、ふたりともっ！」

あのあと生徒会室で話しあった結果、これからも三人でエッチな関係を続けていくことを正式に決めたのだ。

（前世からの縁があるふたりのうち、どちらかひとりを選ぶなんてできなかったよな）

どちらかを選べば、必ず不幸になる者が出てしまう。

なら、これからも三人でセックスしていくほうがいい。

それが、三人一致した結論だった。

（……前世が戦国大名と花魁《おいらん》ということでハーレムへの理解はあったし……俺にとっては役得だったのかな）

だが、ふたりを幸せにする責任もある。

(そうだよな。前世も前々世も途中までは上手くいってたんだから……今世は終わりまで、ずっとふたりを幸せなままにしないと)

そう気を引き締める和治だったが――。

「今は難しいことは考えずにエッチを満喫しようよ～♪」

「そうだぜ！　せっかくの日曜なんだから楽しまねぇとな！」

ふたりはニンマリ笑いながら頷きあい、服を脱いできた。

すっかりふたりともエッチなことに目覚めているのだ。

「はい、ハル～♪　朝から顔騎～♪　おりっちはオチンチンのほうお願い～♪」

「おう、チンポはオレにまかせとけ！　よっこらしょっと！」

華蘭からは顔面騎乗、織愛からは素股の体勢をとられてしまった。

「むぐぐっ、ふたりとも朝から発情しすぎだよっ」

「ハルったらなーに賢者みたいなこと言ってんの～？　こんな美女ふたりを前にして発情しないなんて、それでも男か～！」

「そうだぜ！　やるときはやるのが男だ！　今はセックスに全力を尽くせ！」

タッグを組んだふたりは腰を動かして和治を誘惑してくる。

目の前で揺れる縦筋。股間に感じる割れ目の感触。

（今さらながら、すごい贅沢な状況だよなぁ……）

今世でこんなに幸福だと、来世は酷い目に遭うんじゃないかと不安になるほどだ。

「おい、まだやる気にならねぇのか？　素股してやってるんだから早くヤル気出せ！」

「そうだよ～♪　今を楽しむことが大事～♪　とうわけで、アタシも腰動かす～♪」

ふたりは同時に割れ目を顔と肉棒にこすりつけてきた。

「んぐっ、んっ、れろっ、れろっ」

和治は舌を縦筋に伸ばして舐め始める。

「あふっ♪　あんっ、はぁあっ♪　ハル、やっとその気になったぁ～♪　オマンコもっといっぱいペロペロしてぇ～♪」

「おらおらっ♪　オレの素股でもっとチンポ大きくしろよなぁ～♪　んっ、んっ、くふぅ、へへっ、言ったそばからデカくなってきてるぜ♪」

やはりふたりには敵わない。

そして、その強引さが心地よい。

（やっぱり俺は積極的な女の子が好きなんだよな）

いつも受け身なのは情けなくもあるのだが、それ以上に女子からエロいことをされることに興奮してしまう。多少、Ｍっ気のある和治だった。

「れろっ、れろっ、ちゅる」

和治はクンニをして、愛液で喉を潤す。

「あぁん♪　ハルぅ、エッチなお汁おいし～？」

「うん。おいしいよ。華蘭の味がする」

甘酸っぱい愛液はまるで栄養ドリンクだ。

眠気が一気になくなり肉棒がビンビンになってしまう。

「おいっ、オレのオマンコも気持ちいいだろ？　ほら、擬似騎乗位だ！」

織愛は肉竿を割れ目に押し当てながら、腰を動かしてくる。

まるでローションがつけられたように、肉竿全体が濡れていった。

(俺に対してこんなに発情してくれるんだから男冥利に尽きるよな)

なら、それに応えるのが使命だと思う。

「おりっち、先にエッチしてもいいよ～♪　そのほうがハルもアタシのエッチの上手さがよくわかるしね～♪」

「お、ずいぶんと挑戦的じゃねえか？　オレの腰使いなめんじゃねーぞ？　じゃ、和治っ、まずはオレの騎乗位でイキやがれ♪　よいしょっ♪」

織愛は腰を持ち上げたらしく肉棒に接していた割れ目の感触がなくなった。

しかし、それも一瞬のこと。

膣口に亀頭がハメられ、熱いうねりとともに肉竿が呑みこまれていく。

「うぅあぁっ！」

挿入部分が見えないからか、いつもより膣内の感触を鋭敏に感じてしまう。

「あら〜♪　ハルったら気持ちよさそーな声出しちゃって〜♪　ほらほらぁ〜♪　アタシのオマンコも気持ちよくしてぇ〜♪」

「おらおら♪　オレのオマンコで気持ちよくなれよな♪」

ふたりは同時に腰を動かしてくる。

（ちょっと、これ、エロすぎる……！）

この状況で発情しなければ男ではない。

和治は舌で割れ目を舐め、腰を動かし始めた。

「んっ、あふっ、はっ、あ、ああんっ♪　ハルやる気になったぁ〜♪」

「おぉお♪　いいぞ、和治♪　やっぱりおまえのチンポは最高に気持ちいいぜ♪」

織愛と華蘭は声と腰を弾ませて、和治をめくるめく快楽の世界へと誘っていく。

（よし！　それじゃ俺も本気出すか！）

もはや完全にヤル気になった。

まず和治は顔を華蘭の股間に密着させて激しいクンニを敢行する。

「ひゃあああん♪　ハル激しいぃ♪　ハルの舌気持ちいいよぉお〜♪」

愛液が次々と溢れ出てきて、乾いた喉を潤していく。

（やっぱりおいしいな、愛液って！）

こんなに興奮する味はほかにない。

「おいおい、和治っ！　オレのオマンコが最優先じゃないのかよ！」

しかし、後回しにされた織愛は抗議の声を上げていた。

（……ふたりを同時に相手にするのって大変なんだな……）

３Ｐの難しさに戸惑いながらも、和治は今度は腰を突き上げていく。

「んぁあっ！　そうだ、それでいいんだっ♪　オレのオマンコをたっぷりチンポで味わいやがれっ！　んんうっ！　あぁあ♪」

織愛の膣内からも熱い愛液が滲み出てくるのがわかった。

（上の口にも下の鈴口にも愛液が供給されてる！）

まるで栄養ドリンクでも飲んだかのように元気になってしまう。

「やっぱりエッチって活力を生み出すよねぇ〜♪」

「だよな！　生命力を強めてくれる気がするぜ！」

ますます三人でハッスルして、同時に腰を動かしていく。

「おりっち〜♪　こうやってみんなで気持ちよくなるの楽しいねぇ〜♪」

「ああ、悪くねぇ気分だな♪　オレは前世であまりにも自分ひとりで独占しようとしすぎたのかもしれねぇ。こうやってみんなで幸せになれるのが一番だな♪」

戦国時代だとそれぐらいのメンタリティがないと生きていけなかったかもしれない。

しかし、今は平和な時代だ。こうしてみんなで性春を謳歌することができる。

「花魁としてじゃなくて、こうしてひとりの女の子としてエッチできるのは本当に楽しいねぇ～♪　やっぱり大好きな人との情事は最高～♪」

もちろん、和治も同じ気持ちだ。

(辛い前世の記憶が俺だけないのは申し訳ないぐらいだな……これじゃ、俺が得しているだけだもんなぁ)

だが、人生いいことばかりではない。

これから先、苦難が訪れるかもしれない。

(ふたりを一生幸せにするために、がんばらないとな！)

気合いを入れ直した和治は、その覚悟を示すかのような勢いで顔と腰を激しく動かしてふたり同時に攻めていく。

「ひあぁあああんっ♪　ハル、ハルぅう♪　舌の動きすごいぃいい♪　アタシのオマンコどんどん幸せにされていってるよおぉ～♪」

「おぉおおお♪　はっあああっ♪　す、すげぇぜ、和治っ！　オレの中でチンポ暴れてやがる♪　なんてたくましいチンポなんだ♪」

これまでの経験でふたりの弱い部分はわかっている。

そこを重点的に攻めることで、効果的な快楽を与えることができるのだった。

「もう〜、ハルったらテクニシャンなんだからぁ〜♪」

「ほんと和治は知勇兼備の名将だな♪　頼もしいぜ♪」

そして、褒められることで和治も自信がついていった。

(ふたりに出会う前の俺って、どこか冷めていたよな)

だが、こうしてセックスを重ねることで男としてひと皮剥けた気がするのだ。

そして、肉棒も以前よりも大きくなった気がする。

「んふふ〜♪　前世のも大きかったけどさ〜、やっぱり今世のハルのオチンチンのほうが断然大きいよぉ〜♪」

「ほんと最高のイチモツを持っているよな♪　大きいだけじゃなくて形もいい♪　まさに国宝級だぜ♪」

自分のモノを褒められることで、さらに自信が深まる気がする。

これも相手あってこそのことだ。

(以前はオナホに入れるしかなかったんだから、変われば変わるもんだよなぁ……)

つい三か月くらい前までは、こんなふうになるとは思いもしなかった。

だが、人生なんて転機ひとつでどうにでもなるのかもしれない。

(ただ、前世という伏線が俺の人生にあったとは思いもしなかったけれど)

あるいは、多くの人生はそういう無数の見えない伏線によって成り立っているのかもしれない。

「あはっ♪　ふぁあんっ♪　ハルぅ♪　ハルぅ♪　もっと♪　もっとぉ～♪」

「和治、もっとだ♪　もっと突き上げてくれぇえ♪　あぁあ♪　最高だぁ♪」

前世と前々世から縁のあるふたりとこうして気持ちよくなれていることに、今さらながら不思議な気分になる。

(非業の死を遂げた明智光秀や夢破れた大商人のぶんまで幸せにならないとな)

決意を新たにしながら、和治は絶頂へ向けて全力を振り搾った。

「ひぁん♪　はうんっ♪　ふぁあぁあん♪　ハル、アタシもうイクっ♪　ハルの舌でイカされるぅ♪　あぁあぁーーーー♪」

「おぉおおおお♪　和治のたくましいチンポでオレもイクっ♪　子宮がおまえのことをほしがってるぅう♪　はぁあああぁあ♪　オマンコイクぅーーーーーーーーーー♪」

瞬間、意識が遥か彼方に消し飛ぶ。

(俺もイク！)

和治は幽体離脱したかのような衝撃と浮遊感を覚えながらも、本能に従って織愛の子宮に向かって熱い精液を噴き上げた。

肉棒というより全身が脈打つような感覚で精液が飛び出ていき、天にも昇るような至福を覚える。

「ひゃぁああぁっ♪　アタシもお潮噴いちゃうぅうぅぅーーー♪　あっ、ああぁぁーっ♪」

「オレも噴くぅうーーーーーーーーーー♪　はあっあぁぁああぁぁぁっ♪」

そして、ふたりも同時に絶頂して潮を噴いていた。

それによって遠退きかけた意識が逆に戻っていった。

（……気持ちよすぎて、危うく逝きかけたかもな……）

この体勢では酸欠気味になってしまうので洒落にならない。

「はぁ、はぁっ、はぁ♪　ハル、ごめんね、ちょっと息苦しかったよね？　って、アタシの潮で顔面びっしょり～！」

華蘭は腰を浮かして謝ってきた。

「……いや、これぐらいなんてことはないよ。俺も気持ちよかったし、ふたりに満足してもらえたならこんなに嬉しいことはないよ」

「和治は本当に最高の男だぜ♪　自己犠牲精神の塊というかよ♪　まぁ、光秀も自分の命が惜しかったら本能寺の変なんて起こさなかったよな」

確かに、そうかもしれない。

（俺は自分のためというより誰かのためにこそ、がんばれるのかもしれないな……）

そんなことを思っている間に、華蘭に続いて織愛も腰を持ち上げて結合を解いた。

膣内からは熱い子種汁がドロリと溢れ出てくる。

「ははは っ♪　すげぇ大量だな♪　和治にこんなに出してもらえて嬉しいぜ♪」

「あー、いーなぁ～♪　ハルぅ～♪　次はアタシの番～♪」

満足そうな織愛に対して、華蘭は羨ましそうに白濁した膣口を見ていた。

「ちょ、ちょっと休憩」

朝からいきなりハードなセックスをしすぎた。

ここで休まないと本当にポックリいってしまいかねない。

「ん、そうだね～。ハルの顔ビチョビチョだし。ごめんね～」

「おう。まだまだ今日は始まったばかりだしな！」

和治の提案にふたりは仲よく頷いた。


「さぁーて♪　休憩していろいろ拭いて綺麗にしたところで今度はアタシの番～♪　それじゃ、ハルぅ～♪　バックから入れて～♪」

「わかった」

「おう、勃たせるのはオレに任せろ！　ぺろっ、れろっ、ちゅるぅ♪」

織愛から舌で愛撫されて、ムクムクと肉棒が天井を向いていく。

「このまま口でイカせちまおうかなっ！　ちゅうっ、れろれろ♪」

「ちょっと、おりっちー！　それは反則ー！」

華蘭は四つん這いのまま振り向いて抗議の声を上げる。

「だ、大丈夫だよ。さっきイッたばかりだし」

「へへっ、もう十分に勃起してるな。さすが和治だぜっ！　ほら、入れてやれよ、華蘭のグチョ濡れオマンコに！　で、オレのおっぱい舐めてくれよな♪」

織愛は立ち上がると、和治の顔に乳房を押しつけてきた。

「ハル～、早くぅ～♪　お預けくらって、もうアタシのオマンコせつないよぉ～♪」

「ほら、オレの乳首舐めしゃぶって栄養補給しろよ！　母乳は出ないけどさ！」

「むぐっ……ちゅぱっ、ちゅう」

乳首を咥えさせられた和治はそのまま舐めしゃぶる。

そうしているうちにさらに肉棒は硬度を増していった。

「あぁん、ハル、早く、早くぅ～♪　入れて入れてぇ～♪」

一方で、華蘭はお尻を振っておねだりをしてきた。

(おっぱいとお尻に囲まれるなんてパラダイスだな)

その楽園の主が自分であることを天に感謝しながら、和治は肉棒を割れ目に押しあて、グッと腰に力を入れて肉棒を挿入していった。

「ふぁあああああん♪　ハルのオチンチン入ってくるぅう～♪」

「うあぁっ！　熱くて、すごい締めつけだ！」

「えへへ～♪　もう準備万端オマンコだからねぇ～♪　バックのほうが締まる感じ～？」

「あ、ああ」

「ったく、気持ちよさそうな顔しやがってよ～！　ほら、オレのおっぱいも！」

和治は腰を振って華蘭のオマンコを突きながら織愛の乳首を吸う。

「あぁん♪　ズンズン入ってくるぅ～♪」

「ふぁあ♪　赤ちゃんみたいにおっぱい吸いやがって♪」

ふたりが悦ぶ声を聞くと、心が安らぐ。

何度も体を重ねるうちに、性欲に振り回されることがなくなった。

（……経験することで心に余裕ができるってことだな）

和治は自らの器が大きくなるのを感じながら、同時に織愛と華蘭を満足させていく。

だが、経験を積んで余裕があるのはふたりも同じこと。

「おー、よしよし、いい子だ～♪　ちゅっちゅしながらピストンがんばれよ～♪　ママのおっぱい、おいちいかなぁ～♪」

織愛もいつぞやの母性を感じさせる口調で褒めながら、こちらの頭を撫でてくる。

その言葉に応じて、和治は腰振りをスピードアップさせていった。

「んっ、はあっ、ああんっ♪　ハルのオチンチン、奥まであたってるぅっ♪　すごいっ、いつもよりかた～いっ♪」

バンバンと肉の弾ける音がして、抽挿のたびに愛液が飛び散る。

やはりいつ味わっても名器だ。

「アタシの中はどう～？　気持ちいい～？」

「ああ。気持ちいいよ！」

「ハルの大好きな締めつけ方でたっぷりとかわいがってあげるからねぇ～♪　んっ、んっ、んぅう♪」

華蘭のほうからも腰を動かしてきて逆ピストンをしてきた。

思わぬ反撃によって、攻守が逆転してしまう。

(本当にふたりともエロいよなぁ)

これだけ絶倫なふたり相手に体が持つだろうか。

だが、和治はふたりを幸せにすると決めたのだ。

(絶対にふたりを満足させる！)

決意を新たにした和治は、華蘭の尻肉を両手で掴むと反転攻勢に出た。

「ふぁあああ♪　あああああ♪　ハル、すごっ、激しっ♪　ひあぁああああーーー♪」

猛反撃に華蘭は髪を振り乱しながら叫び嬌声を上げる。

「おうおう、勇猛果敢だな♪　すさまじい城攻めだぜ！」

まさに犯すというようなスタイルによって、和治の本能に火がついた。

「うおおっ！　華蘭！　華蘭！　華蘭！」

やはり余裕をいつまでも持っていてはつまらない。

全力を出しきってこそのセックスだ。

「ふあぁぁああぁぁあ♪　ハル♪　ハルぅうう♪　大好きぃい♪」

バックピストンをする余裕はなくなったようだが、華蘭の膣内では狂おしく肉襞が収縮と蠕動《ぜんどう》を繰り返していた。

「くぁあっ⁉　そんなに強く食いつかれたらっ！　うっく！」

危うくイキかけたが、どうにか踏みとどまる。

こんなところで出してしまっては興醒めだ。

「へへ、危ないところだったな♪　ほら、オレのおっぱい飲んで落ち着けよ♪」

「う、うん。ちゅうぅ」

もちろん母乳は出ないが、膨れ上がった射精欲求をやりすごすために織愛の乳首を舐めしゃぶった。

(すごく硬くなってるな)

女子の乳首がここまで硬くなることを初めて知った。

だが、いいところで休止された華蘭は不満そうだ。

「もぉ～、ここで休憩なんて生殺しだよぉ～。せっかく盛り上がってたのにぃ～」

「ごめん、このままだとすぐ出ちゃいそうだったから」

だが、こうして会話をかわしたことで気が紛れて射精は遠ざかった。

「……も～アタシ待ちきれないよぉ～♪　んっ、はぁ、ああんっ♪　ハルのオチンチン、また動かしてぇ～♪」

我慢できないとばかりに華蘭はお尻をモジつかせる。

左右に振る動きによって、肉竿も刺激された。

「へへ♪　ケツを振っておねだりとは浅ましいぜ！」

「だってぇ～♪　こんな寸止めされたら、せつなすぎるよぉお～」

その言葉を証明するように膣奥から熱い愛液がトロトロと滲み出てくる。

熱い粘液は鈴口から浸透してきて、肉竿全体が甘く痺れていく。

「ハルぅ～♪　お願いっ、早く動かしてぇっ♪　アタシのオマンコもう限界ぃ～♪　ハルのオチンチンでズポズポして中でいっぱいお射精してぇ♪」

お尻をローリングさせながら、華蘭はおねだりを繰り返してきた。

当然、中の肉棒も一緒に回転させられる。

「うぅあぁあぁ！」

渦巻くような快楽に、和治はもうじっとしていられなくなった。

「よし、休憩終わりだ！」

和治は再び華蘭の尻肉をガッチリ掴んで、力強いピストンを再開した。

「ひぁあ♪　ふぁぁ♪　ハルぅ♪　ありがとぉ♪　あん♪　はぁんっ♪　すごい、さっきよりも激しぃいい♪　いい♪　いいよおぉっ♪」

華蘭は顔を左右に振って髪と乳房を振り乱して喘ぐ。

和治はスピンバイクで鍛えた筋肉を総動員して、華蘭をひたすら犯していく。

「おお、エロいなぁ！　この位置から見ると戦国時代に蘭丸としていたときのことを思い出すぜ。俺の腰振りもすごかったんだぜ？　だが、和治もすげぇな！」

「ひうんっ♪　ふあああんっ♪　だ、だめえっ♪　前世じゃ経験豊富だったはずなのにぃ、やっぱり今世ではハルの肉棒に勝てないぃ♪　負けちゃううぅ～♪」

だが、その声は嬉しそうだ。

(信長も花魁も強くなきゃいけなかったんだろうけど……でも、ふたりともありのままの自分でいたかったのかもな)

時代と立場がふたりを一流にしたのかもしれないが、それは果たして幸福なことだったのだろうか。

(それよりもありのままの自分をさらけ出して、こうして好きな人とセックスできるほうが幸せなんじゃないのか)

そう願ったから、ふたりは普通の女の子として生まれ変わったのかもしれない。

そんなことを思いながらも、和治はピストンスピードを上げていく。

「はうんっ♪　はあんっ♪　ああんっ♪　ハルのオチンチン、すごいよぉおっ♪　前世と違って演技とかしなくていいセックスって本当に最高〜♪」

「政略結婚とか跡継ぎ争いとか気にしなくていいのも現代のいいところだな！」

(そうだよな。こうやって自由にセックスできるのも今の時代だからだよな)

いかに現在が恵まれているかを実感する。

和治は現代日本に転生したことを天に感謝しながら腰を振った。

「ふあぁんっ♪　ハルとこうしてセックスできて嬉しいよぉ♪　はうん♪　ひあぁ♪」

「マジで平和な時代に生まれることができてよかったぜ！　こうして肉欲に溺れることができるんだしな！」

しかし、際限なくハマりすぎると危険ではある。

セックスで身を滅ぼしかねない。

(だが、今日ぐらいはいいだろ！)

和治は自分に言い訳をしながら、ラストスパートをかけた。

バンバンという肉のぶつかりあう音が響き渡り、快楽が限界を突破する。

それでも、まだ射精はこらえ続ける。愛する人を気持ちよくするために――。

「らめえっ♪　いいっ、これぇ♪　すごくいいのおっ♪　あああぁあ♪　もう、イッてるのにぃ♪　らめえっ♪　ハルっ、すごすぎるよぉお～♪」

いつもの余裕など微塵もなく突っ伏して華蘭は喘ぎ狂う。

それでも膣肉はギュウギュウと締めつけを繰り返していた。

「うっうう！　華蘭、出すよ！」

「うん♪　出してぇ♪　アタシのオマンコに熱くて粘っこい白い精液ぃ♪　いっぱい射精してぇぇえーーーー♪　あはぁああ♪　イックぅうーーーーーーーーーーーー♪」

膣内が細かい収縮と大きなうねりを繰り返しながら肉竿に絡みつく。

そして、激しい蠕動運動を繰り返してきた。

「ほら、今だ！　たっぷり射精しやがれ！」

織愛は促しながら、乳房をこちらの顔に押しつけてきた。

その瞬間――目の前が真っ白になるような衝撃とともに膨大な快楽が爆発した。

「あああああああああああああああああ！」

野性に戻ったかのように咆哮し、何度も腰を叩きつけて激しい射精を繰り返す。

「ひぃい♪　あはぁあ♪　あぁああ♪　はううっ♪　くふうぅっ♪　出てるぅ♪　ハルのオチンチンからすごい勢いでビューービューー入ってくるよぉお～♪」

両手足をガクガクさせながら華蘭は心から満ち足りた声を漏らしていた。

「いやあ、すげぇ射精だったな！　ほんと立派な男になったよな、和治は！」

「うん♪　ハルはすごい男らしくなったよねぇ～♪　はぁ、はぁあっ……♪」

不思議なことにセックスを重ねるたびに、和治は力強さを増していた。

理性的に生きるだけでなく、ときには全力で本能を解放することも大事だと学んだ。

(欲求不満を溜めすぎないことは、かなり大事なのかもな)

そうすれば鬱々とすることも暴発することもない。

本能寺の変のような無謀な戦いを起こすこともなくなる。

「ん、なんだ？　賢者モードってやつか？　悟ったような顔して」

「いや、適度に発散することも大事なのかなって」

「んー、それはそうかもな♪　やることとやってスッキリしておけば健康だな！」

織愛が言うと説得力があった。

和治は、未だに吸いついてくる膣内から肉棒を引き抜いた。

「きゃうんっ♪　はぁ、はぁあ～♪　ほんと、すっごい気持ちよかったよぉ～♪　アタシもスッキリ～♪」

「ふぅ……」

和治も心地よい虚脱感を覚えていた。

「……一回、シャワー浴びようか」

「おう！」

「さんせ～♪」

和治たちは体液にまみれた体を清めるべく、浴室へ向かった――。

「ハルっ、綺麗になったところで、またアタシたちを愛してね～っ♪」

「オレたちふたりを同時に相手して満足させてみろ！　さらなる高みへいこうぜ♪」

今度のふたりはお互いに抱きあうような格好で、こちらに秘部をさらけ出してきた。

上が華蘭、下が織愛だ。

「アタシたちのことオナホみたいに使ってくれてオッケーだよ～♪」

「チンポすっきりするまでズポズポしてくれよな！」

ふたりはまだまだやる気マンマンだ。

(今さらながら贅沢な状況だよな……)

これほどの美女ふたりと自由にセックスできるのだ。

(これだけいい思いをすると来世がちょっと怖いかな)

そんなことすら思ってしまうほどだ。

「ほらほらハルぅ～♪　早くぅ～♪　アタシから入れて～♪」

「オレから頼むぜっ！」

ふたりは腰をくねらせながらおねだりをしてくる。

それが結果として『貝合わせ』の状態になり、ふたりはビクンと体を跳ねさせた。

「はぁんっ♪　おりっちのオマンコとあたってるぅ～♪」

「こ、こらっ！　オレはおまえのオマンコじゃなくて和治のチンポがほしいんだ！」

「まあまあ～♪　これからは三人一緒なんだしもっともっと仲よくならないと～♪」

華蘭は艶めかしい動きで自らの体を織愛に押しつけ始めた。

「ま、待てっ、オレにそんな趣味はねぇってのにっ！　……うおっ⁉　や、柔らけぇ……思ったより、女同士っていうのも、いい感じじゃねえか♪」

「えへへ～♪　おりっち、悪くないでしょ～？　花魁時代は後輩の遊女の指導もしてあげたものさね～♪」

いきなり始まった百合色の光景に、ついつい和治は見入ってしまった。

(俺にもそんな趣味はなかったけど、女同士で絡んでいるのも悪くないもんだな……)

むしろ、かなりよい。

和治の肉棒はムクムクと大きさを増していった。

「あはは♪　ハルったら、あたしたちの擬似レズプレイ見てるだけでそんなに興奮しちゃってるんだ～？」

「なんだよ、おまえもそういう趣味なのか？　まあ、思ったより悪くなさそうだけどな。でも、オレはちゃんとチンポを入れてほしいぜ！」

ふたりはニヤニヤ笑いながら、見せつけるように股間を突きだしてくる。

濡れた割れ目は誘うようにヒクついていた。

「よ、よし……それじゃ、入れるぞ！」

和治はふたりに近づくと――まずは織愛の膣口に肉棒を挿入した。

「はぁぁあっ！　ふあぁあぁあっ♪　きたぁ♪　和治のチンポっ♪」

「あ～ん！　アタシからがよかったのにぃ～……！」

しかし、まずはどちらかを選ばねばならない。

(織愛は四百年以上前からだからな)

とりあえず前世からの年数で優先することにした。

膣内は熱く湿っており、キュウキュウと強く締めつけてくる。

「くうぅ、締まるっ……」

「へへ、気持ちいいだろ？　オレは鍛えてるしバイク乗りだからな。何度使っても緩くならねぇぜ！」

「アタシだって膣トレしてるからガバガバにならないよ～♪」

その言葉どおり、ふたりの性器は何度性交しても劣化することはない。

むしろ、使いこむほどによくなっていく。

「ふたりともすごい名器の持ち主で嬉しいよ！」

和治は膣内の感触をさらに堪能するために深いストロークのピストンを開始する。

ゆっくり、奥まで──。そして、再び抜いて、突きこむ！

「んっはぁっ、はぁあぁぁあ♪　感じるぜ、和治のでけぇチンポ♪　ほんと、和治だってすげぇイチモツの持ち主だぜ♪　やっぱり国宝級だぁ♪」

「あぁん！　ハルぅ、アタシも早く早くぅ〜！」

織愛は快楽で腰を震わせ、華蘭はせつなそうに下半身をくねらせる。

（ふたり同時に相手にするのは大変だな。でも、入れたばかりだし、まずは織愛と──）

和治は浅い抽挿に切り替えて、ピストンスピードをアップさせていく。

「おぉおっ♪　あぁぁ♪　ひあぁぁっ♪　はっあぁぁ♪　まったくどんどん上手くなっていくなぁっ♪　すっかり歴戦の猛者だぜ♪」

「うくっ、織愛だって、オマンコですごい反撃してきてるじゃないか！　くぅっ！　油断したら出そうだ！」

「へへっ♪　オレもそう簡単にやられるわけにはいかねぇからな！　おらおらっ！　オレの反撃を防ぎきれるかっ⁉」

織愛は膣内をリズムよく締めつけて、一気に射精を促してきた。

すさまじい猛攻だ。

（でも、耐えてみせる！）

和治は歯を食い縛って強烈な快楽をこらえた。

「さっすが、ハル～♪　ここであっけなくおりっちのオマンコでイッちゃったら二百年の恋も醒めちゃうってもんさね～♪　ほらほら、次はアタシ～♪」

「うん、それじゃ、次は華蘭！」

和治は織愛の膣内から強引に肉棒を引き抜き、華蘭の膣口にぶちこんだ。

「ふぁぁあぁあっ♪　ハルのオチンチンきてくれたぁ～～♪　すっごいおっきいよぉ～♪」

「うあっ、華蘭のオマンコの中、すごいグチョ濡れだ！　うっうぅ！」

「そりゃあ～当然だよねぇ～♪　こんな目と鼻の先でおりっちがすっごい気持ちよがってるんだもん～♪　メスとしての本能刺激されちゃうよねぇ～♪」

入れただけで愛液がドバッと溢れ出すほどに膣内は発情状態だ。

亀頭に熱い粘液を感じて、またしても和治はイキかける。

「おいおいっ、いいところだったのによぉ」

「あのままやってたらおりっちで射精しちゃってたでしょ～？　ほら、ハル～、ハーレムを維持するには努力も必要だよ～♪　我慢、我慢～♪」

「う、うんっ……くっ……はぁ、はぁ……」

今回もどうにか射精をこらえて息を整える。

腰を動かしていなくても膣内はウネウネしていて、快楽を絶え間なく与えてきた。

「ふふふ～♪　アタシのオマンコの中でもう少し休んでいいよ～♪　せっかくだから長く味わいたいし～♪」

「じゃ、じゃあ、お言葉に甘えて……」

ここで自分から動いたら瞬時にイッってしまう。

和治は、そのままじっとすることにした。

「オレはこのまま放置プレイかよー！」

「おりっちは最初にオチンチン入れてもらって楽しんだんだから我慢する～♪　こらえ性がないと家臣に裏切られちゃうぞ～？」

「うぐっ……！　う、うるせぇっ……」

痛いところを突かれた織愛はそっぽを向いた。

(まあ、喧嘩するほど仲がいいとも言うしな……)

これから三人で生活していけば、いろいろとぶつかることはあるかもしれない。

だけど、きっと上手くやっていける気がした。

「……それじゃ、動くよ」

「うん♪　ハル、いつでもイッていいからね～♪」

和治は抽挿を開始する。

溢れるほどに愛液で塗れた膣内は、ピストンのたびにグチュグチュという卑猥な水音を立てた。

「くうぅっ！　すごい、熱くて気持ちいいよっ」

「えへへ～♪　温泉に浸かってるみたいに極楽でしょ～♪」

「おいおい、そんなエロい温泉なんてねぇだろ！」

セックス中でも軽口を叩きあう雰囲気に不思議な気持ちになる。

（いいな。こういうのも）

ただ性欲をオナホで処理するだけでは、決して得られない温かさだ。

「ほらほらぁ♪　ハルぅ♪　アタシのオマンコ気持ちいーでしょ～♪」

膣トレの成果を見せるかのように華蘭はキュッキュッと膣内を締めつけてきた。

「くぅう、ウネウネしてるのにキツキツだ！」

「ふふふ～♪　テクニックなら負けないよ～♪　ほぉーら、キュッ、キュ～♪」

「ああ、気持ちいいよ、華蘭！」

和治は再びピストンを開始した。

「ひあぁん♪　ハルぅ♪　すごい、たくましいピストン～♪　はぁん♪　いつでも出していいからねぇ～♪」

「あ、コラ！　和治をイカせるんじゃねぇ！　オレのオマンコに精液出してもらいてぇんだからよ！」

織愛は下から抗議の声を上げてジタバタと暴れた。

「うおっ」

「きゃあん」

その動きによって肉棒が抜け出てしまう。

「こらー、おりっちー！　妨害するなー！」

「へへっ、すまんすまん。でもオレもオマンコがウズウズしてたまんねぇんだ！　途中で止められたから、なおさらよぉ！」

見れば、織愛の膣口からは愛液が溢れ出て幾筋も垂れていた。

(織愛、こんなに俺のをほしがって濡らしてるんだ)

そう思うと今すぐ肉棒で満たしてあげたくなった。

「……んー、おりっち、ほんとに辛そうだね～……。わかった。それじゃ～、先に中出し譲ってあげてもいーよー♪」

「マジか⁉」

「うん♪　アタシ、この間、ハルに旅行連れてってもらったしね～♪」

「なにぃ⁉　いつの間に⁉　うらやましいぞ、ちくしょう！　おい、和治！　今度、オレとも旅行してくれよな！」

思わぬところで先日の旅行のことがバレてしまった。

「ああ。それじゃ、織愛ともいつか旅行しよう」

「三人での旅行も楽しそうじゃない～？　今度三人で一緒に旅行しようよ～♪」

「おお、それは悪くねぇかもな。楽しみだぜ♪　でも、今はオレに中出ししてくれ♪」

(そうだよな。過去は変えられなくても、思い出はこれからいくらでも作っていける。人生はまだまだこれから続いていくんだから。幸せになろう。三人で)

思いを新たにしながら、和治は肉棒を織愛の中に挿入した。

「おぉおおおお♪　和治のチンポぉお♪　あぁああ♪　やっぱり最高だぜぇ♪」

「うぁあっ！　すごい量だ！」

挿入によって愛液がドバッと溢れ出た。

かつての英雄織田信長も、今は完全に女としての悦びを感じている。

そのことを祝福したい気持ちだった。

「織愛、いくよ！　くぅう！」

和治は腰を激しく振って、再びラストスパートへ向けて突っ走る。

ただひたすらに、快楽を求める。

「おぉお♪　あぁああ♪　すげぇ気持ちいい、気持ちよすぎる♪　マジで今世は女として生まれてきてよかったぜ♪」

「おりっち～♪　ほらほらぁ～♪　かわいいイキ顔アタシにも見せてね～♪」

そして、和治の動きにあわせて華蘭も乳房を押しつけて織愛の唇へキスをした。

「んちゅうっ、こらぁ♪　オレにそっちの趣味はないってのにぃ♪　あぁああ♪　でも、やっぱり悪くねぇかもなぁ♪　男だろうと女だろうと気持ちいいことはいいことだぜ♪」

時代を超えて育まれる女同士の友情を見て、和治の心はますます温かくなった。

そして、精巣も熱さを増して射精へのタイムリミットが始まる。

(それでも、もっとこの気持ちよさをもっと味わいたい！)

和治は歯を食い縛り、激烈なピストンを敢行する。

「おぉおぉ♪　あぁああ♪　それでこそ男だ♪　オレの認めた男だぁあああああああ♪」

「あはは～♪　ハルったら激し～♪　おりっちも気持ちよさそ～♪　んんぅっ♪　アタシもおっぱいこすれて気持ちいいよぉ～♪」

まるでふたりを一緒に犯しているかのような気分になる。

(やっぱり本能全開でセックスするのは最高に気持ちいい！)

和治は荒武者のような猛々しさで肉棒による突撃を繰り返した。

「おおっあぁあああぁ♪　すげぇぜ和治ぅうう♪　イク♪　イクぅううううう♪」

「うっあぁあ！　織愛！　イク！」

目の前にいくつもの光が飛び散る。

爆発的な快楽が拡がるとともに、和治は猛烈な勢いで射精した。

「おぁあああああ♪　すげぇ♪　精液がいっぱい入ってきやがる♪　はうぁああ♪　中出しすげぇ気持ちいい♪　ふああぁぁあ♪　イクッ、イクぅううう♪　あぁあああ♪」

織愛は絶頂のあまりガクンガクンと体を跳ねさせていた。

「きゃあん♪　おりっちイキまくり～♪　すっごくかわいいイキ顔～♪」

「こ、こらぁ……♪　オレのイキ顔は見せもんじゃねぇぞっ！　はぁ、はぁ……♪　でも、ほんと気持ちよかったぜ♪　やっぱり和治は最高だ♪」

そう言ってもらえると、和治としても懸命に腰を振った甲斐があるというものだ。

「それじゃあハル～♪　今度はアタシの番だよ～♪」

華蘭はお尻を振りながら、おねだりをしてくる。

膣口からは先ほどの織愛に負けないぐらい愛液が溢れ出ていた。

「こんな目の前で激しいセックス見ちゃったらアタシも発情マックスだよねぇ～♪」

「へへ、待たせて悪かったな。遠慮なくぶちこんでもらってくれ」

和治は肉棒を膣内から引き抜いた。

ドパァッといやらしい音がして精液と愛液の混合液が溢れ出てくる。

肉棒は未だに硬さを保っていた。

「おお～、ハル～♪　まだビンビンに勃起したまま～♪」

「さすが和治だぜ！」

これだけ出してしまうとすぐに射精できるかどうかはわからない。

だが、これなら挿入可能だ。

「いくよ、華蘭！」

和治は精液と愛液まみれの肉棒を華蘭のグチョ濡れの膣口に押し当て、一気に根元まで挿入した。

「あぁあああああああん♪　ふあぁあああああ～♪　いきなり奥までぇえええ～♪　んんんんんーーーーーー♪　あぁああぁあああああ～♪」

再挿入の衝撃で華蘭は絶頂して激しく痙攣《けいれん》する。

「うぅうあぁあ!?」

強烈な収縮によって肉棒が断続的に搾られた。

「えへへ、アタシ、いきなりイッちゃった～♪　ハルぅ～♪　アタシにもいっぱい射精してねぇ～♪　そのために精液いっぱい作ってねぇ～♪　んぅっ♪　んぅう♪　んふぅ♪」

華蘭は膣内を締めつけながら、激しいバックピストンを繰り出してくる。

「あぁあ、それ、いいっ！」

「ふふふふ～♪　全自動オナホマンコって感じかなぁ～♪　ほぉら、アタシのオマンコでどんどん気持ちよくなってねぇ～♪　んふぅう♪　はぁあ♪　あはぁあ♪」

こちらが腰を動かさなくても、次々と快楽が送りこまれてくる。

やはり華蘭のテクニックは最高だ。

「おいおい、エロすぎだろ！　おぉお♪　こちらにも胸があたってこすれるじゃねぇか」

「花魁ギャルの性技を舐めないでよね～♪　一緒に気持ちよくなろ～♪」

華蘭は体をいやらしくねらせながらも、激しいバックピストンはやめない。

次々とお尻が動いて、肉棒をしごきあげてくる。

「くうう！　華蘭、エロすぎるよ！」

和治は華蘭の尻肉を掴むと、本能全開のフルパワーピストンで対抗した。

「あああぁぁあああんっ♪　ひあぁぁあああぁぁあぁ～♪　ハルぅ♪　すごいぃ♪　激しすぎるぅうう～♪　オマンコ悦んでるぅ～♪　ハルに全力で犯されて悦んでるよぉ～♪」

バンバンと股間と尻肉がぶつかる音が響き、結合部からも派手に愛液が飛び散る。

「おお、マジで激しいなっ♪　くぅう♪　オレまで犯されてるみたいだぜ♪」

「あぁん♪　はぁあんっ♪　ハルならアタシたちふたり絶対に幸せにできるよぉ～♪」

今世こそ幸せな結末を迎えるために——和治は全身全霊でピストンをする。

(もっと強くならないとな。いろいろな意味で)

「あひぃいいいいいいいい♪　はあんっ♪　ふああっ、ああんっ♪　ハルのオチンチンすごい～♪　たくましいよぉお～♪　オマンコの奥から惚れ直しちゃうぅぅう～♪」

「マジでたくましくなったよな和治！　器も大きくなったし！」

ふたりのために奔走するうちに、これまでにない人生経験を積むことができた。

愛する人とともに過ごすことで、自然と人は成長できるのかもしれない。

「くぅう！　出すよ華蘭！　できたての精液！　中に出すから！」

「あぁん♪　出してぇ～♪　ハルの精液いっぱい出してぇえええぇーーー♪」

精巣が熱くなり肉竿がこれ以上ないほど勃起する。

もう限界はすぐそこだ。

「うあああああああああああああああああああ！」

和治は絶叫しながら激しく腰を華蘭の尻に叩きつけ――膣奥に向かって激しく射精した。

「きゃあああああぁあああん♪　ひああっ♪　あぁあああーーーーーーーーっ♪」

華蘭は歓喜の叫びを上げながら、痙攣を激しく繰り返して絶頂する。

それとともに猛烈な勢いで肉棒が搾られ、尿道に残った精液まで強制的に吐き出させられていった。

「あぁあ！　華蘭っ！　ぐぅう！　うぁあ！」

先ほどあれだけ出したというのに、自分でも驚くほど精液が噴き出している。

「あふぅうう～♪　あぁあああぁ～～♪　ハルの精液ぃ♪　入ってくるぅう～～♪」

「へへ♪　気持ちよさそうな顔しやがって♪」

「だってぇ～♪　気持ちいいんだもん～♪　んんっ♪　ふあぁあ～♪」

そのまま脱力して華蘭は織愛に抱きついていった。

（いいもんだな。仲がいいってことは）

もう戦国時代でもなければ江戸時代でもない。

なんの制約もなく愛する人とセックスすることができる。

「ふぅ……」

肉棒を引き抜くと、精液と愛液が次々と溢れ出ていった。

「はぁあん♪　ほんと中出しされるのって最高～♪　んんぅ♪　オマンコ幸せ～♪」

「マジで中出しは最高だよなっ！　和治、これからもどんどんオレたちに中出ししてくれよな♪」

とろけきった表情で笑みを浮かべるふたりに、和治は力強く頷いた。

「うん。幸せになろう。三人で」

時を超えて、和治はふたりと結ばれた。

これから乗り越えるべき困難はあるかもしれない。

だけど、三人一緒なら絶対にハッピーエンドを迎えられると確信していた。

「アタシたちのセックスはまだまだこれからだ～♪」

「おう！　今日はセックスしまくるぜ！」

まだまだ肉棒が乾く暇はなさそうだ――。

あとがき　夜空野ねこ

前世が信長の生徒会長と前世が花魁のギャル最高！　夜空野ねこです！

今回、プラリネ様原作「彼女がアイツで、俺はだれ⁉」のノベライズを執筆させていただきました（文庫ではタイトルが変更となっております）！

本作品は前世が織田信長である霧島織愛と前世が花魁である結城華蘭に挟まれて学園で青春を送りつつエロいことをしまくる作品です！

積極的な女子からエロいことをされる！　実にうらやまけしからんですね！

織愛も華蘭もどちらも甲乙つけがたくすごく魅力的でした！

なので、原作の個別ルートと3Pエンドを組みあわせて再構成し加筆修正しながら一冊にまとめてみました。

読者の皆さま、楽しんでいただけたでしょうか⁉　ご購入を迷っていらっしゃる方は、ぜひそのままレジへ！

基本的にコメディタッチのノリですが、せつないところもある本作品をどうぞよろしくお願いいたします！　ノベライズしていて、とても楽しかったです！

やっぱり楽しくてエロい作品はいいですね！　これまでにもいろいろとノベライズを書いているので、ご興味ありましたら過去作もチェックしてみてください。

そんなこんなで今回も紙面が尽きてまいりました。メーカー様、関係者の皆様、読者の皆様、ここまでおつきあいいただき誠にありがとうございました！

ぷちぱら文庫

前世《ぜんせ》が信長《のぶなが》な美少女生徒会長《びしょうじょせいとかいちょう》と花魁《おいらん》なギャルに告《こく》られてハーレム性春《せいしゅん》ライフ
～彼女《かのじょ》がアイツで、俺《おれ》はだれ!?～

2021年 11月12日 初版第1刷 発行

■著　　者　夜空野ねこ
■イラスト　神谷ともえ
■原　　作　プラリネ

発行人：久保田裕
発行元：株式会社パラダイム
〒166-0004
東京都杉並区阿佐谷南1-36-4
三幸ビル4A
TEL 03-5306-6921
印刷所：中央精版印刷株式会社

PP0410

既刊案内
お姉ちゃんポイントを貯めると
溜まった性欲を解消できちゃうぞ♥
姉あそび！
～義姉も先輩も近所のお姉さんもHなスキンシップが大好き～
ぷちぱら文庫 331
著 夜空野ねこ
画 ジャスティス小町
ドリルペンシル
原作 みるきーポコ
定価 730円+税
好評発売中！